当所有
愿望实现

以自由，以死亡

［奥］托马斯·格拉维尼奇　著
刘海宁　译

贵州出版集团
贵州人民出版社

我想我要说的是，卡夫卡深悟旅行、性和书籍犹如不知所终却偏要前行的道路，涉足是为了迷失自我，然后再重新找回自我，又或是为了某种发现，例如发现一本书，一种姿态，一样丢失的东西；总之，任何东西都有可能，一种方法，一点幸福，一个全新的东西，或者一个一直就已经存在的东西。

——罗贝托·波拉尼奥[①]

[①] 罗贝托·波拉尼奥，1953 年 4 月 28 日—2003 年 7 月 15 日，智利诗人和小说家。——译者注（本书注释多为译者所加，以下不一一标注。）

一

1

到喷泉旁的凳子上坐一会儿,好吗?就一会儿!我有个提议给你。

你是在和我说话吗?

是的。

你弄错人了吧?

你叫约纳斯,三十五岁,妻子叫海伦。

我们认识吗?

你有两个儿子,一个叫托姆,一个叫克里斯。你在三姊妹广告公司工作,母亲已经去世,父亲八十六岁,得过一次中风,现住在养老院。你没有兄弟姐妹。最近有个情人叫玛丽,玛丽的丈夫叫阿伯克,他们有一个孩子。

你是侦探吧!

我比侦探好多了,那人说,我们坐一会儿吧!

约纳斯没有心思和这人聊天。宋德海姆的生日会刚刚过去半个小时,这会儿他还头疼得厉害,在办公室喝的那种朗姆酒和白葡萄酒掺在一起的混合酒,弄得他实在吃不消。他浑身发热,把衬衣从裤子里扯出来,领带塞进口袋里。火烧火燎的口渴又逼得他想进下一个酒馆。但是,看见这个男人用手指敲了敲身边的凳子,他还是身不由己地听从了,随着他的手势坐了下来。陌生男人把手中的蓝色公文包放在地上。

两人相互打量了一番。陌生男人穿一件白色亚麻布西服,下身是时尚的男裤,脚上是一双低帮鞋。短发,胡子刮得不干净,脖子和手腕上各戴一条金链子。从他的太阳镜镜片上能看见约纳斯的身影。

什么提议,钱?约纳斯问。

那个男人摘下眼镜,把眼镜架叼在嘴里,死死地盯着约纳斯。他的眼珠是湛蓝色的,脸上没有任何表情。看样子似乎在考虑如何开场。他看了约纳斯足足有一分钟,突然一下子坐端正了,把眼镜重新推上鼻梁。

约纳斯,我可以帮你实现三个愿望。

你看这样怎么样,就当什么都没发生,放我走,再也不要来吓唬我。

我是认真的。三个愿望。

别。你究竟要干什么?

我要实现你的三个愿望。

可能是我产生了错觉,但是我相信,在童话里,仙女们从来不会这样满嘴酒气。

我不是仙女，这里也不是童话世界。我要帮你实现三个愿望。说吧。

你真的不是在开玩笑？

真的不是。

还有这等事！那让我考虑一下。

那就好好考虑。

陌生男人用一个很夸张的手势看了一眼手表，然后把双手交叉放在脖子后面。他看上去对一切都很漠然。草地上扔飞盘的孩子，对面那个笨手笨脚玩杂耍的人，公园尽头在烤肉摊旁怪声怪气唱歌的醉鬼，似乎都提不起他的兴致。约纳斯在等。但是陌生人没有说话。

喷泉的水流发出啪啦啪啦的响声。阳光灼烤着他的后背，他的汗衫早已湿透。该离开这里吗？这个陌生人的话疯疯癫癫的，但是人看上去并不疯癫。再说他连玛丽都知道。

三个愿望？为什么？为什么偏偏是我？既然你不是仙女，那你怎么能实现我的愿望呢？

约纳斯，不要扯远了。说出你的愿望。

但是我的愿望和你有什么关系？我甚至都不知道你是谁！

我是那个能实现你愿望的人。

我们在兜圈子，你不觉得吗。

这不是我的错。

想想看，一个身穿白西装，满嘴酒气，还戴着金链子的人声称要实现我的三个愿望！这简直是……

这同样不是我的错。我看上去什么样，随你说。

够了！我要走了！

约纳斯做出起身要走的架势。然而陌生人一声不吭。他看上去无动于衷，似乎早就料到约纳斯会激动，也似乎这种事经常在他眼前发生。约纳斯只好重新坐下。一个老妇人拖着脚步从他们面前走过，嘴里在嘟囔着什么，好像在和一个看不见的仇人吵架。约纳斯的目光追随着她的身影，直到她消失在散步的人群中。

说吧，你究竟想干什么！勒索我？既然你对我和我的生活情况那么了解，那么你想必也知道，能从我这儿得到什么。为什么要制造痛苦？如果玛丽的丈夫知道了，会有什么后果？他有糖尿病，疾病缠身，几乎卧床不起，身心承受不了任何打击，一个可怜的倒霉鬼。为什么要去伤害他？有什么意义！还有我的妻子，想都不敢想！

你不拿我的话当真，这是一个错误。告诉我三个愿望。

约纳斯身后的喷泉发出哗啦哗啦的声响，自动喷泉被调得更强劲了。一个孩子兴奋地叫喊起来，另外几个孩子也发出欢快的笑声。扩音器在发布足球比赛的消息，伴随有咔嚓咔嚓的杂音。一群鸽子在啄食路上的谷子，不停地发出咕咕声，很是兴奋。一个男人骑自行车经过，惊得鸽子扑腾着翅膀四散飞起。约纳斯想起来，他答应过要给托姆和克里斯的玩具铁路买广告上的那个新式火车头。商店马上就要关门了。是要关门了吧？

今天到底是星期几？

他有些糊涂了，不住地揉着太阳穴。头疼得太厉害了。抓紧时间把他应付走吧，他心想。

那好吧，你可以实现我的三个愿望？

一点儿不错。

不管什么愿望？

不管什么愿望。

那么好吧。我想，我希望知道生命是不是有意义。不行？那就希望知道死亡是不是有意义。可是你根本没法儿证明你的回答是否正确。

继续说。

在我死之前，我想对死亡有更多的了解。

是真的？

我可能还想知道，和死亡擦身而过是什么感觉，也就是大难不死，明白我的意思吗？

继续说。

你知道我很长时间以来都憧憬什么吗？少一点儿惰性，多一点儿作为，要振作，积极，好奇，充满活力，敢为天下先！

继续说。

唉，你根本想象不出来，我都梦想知道什么。我梦想要懂得很多东西，因为我什么都不懂，我从来就没有懂过什么，将来也什么都不会懂。我要有知识，我太想有知识了。

完了吗？陌生人问。

能回到过去,能预见未来。这难道不是每个人的愿望?亲眼看看已经发生过的一切,和将要发生的一切。

这个不是你的愿望,陌生人说。

重中之重是要懂得!我要懂得事物之间的关系,多少要懂一些。我对它们一无所知,我对这个世界完完全全一无所知,不能提供任何答案,只知道浑浑噩噩,得过且过。啊,侦探先生,哪怕来点儿假设也好,我甚至连一点儿假设都没有。我多么希望有人问我时,我能提供答案,那样多好。

那样好吗?

三个愿望?那么好吧!我还希望能懂得和其他人之间的关系,可以吗?我还希望一生中能干出点儿名堂来,要有戏剧性,还要不同凡响。我还梦想能变成另外一种人,一个富有的财产继承人,一个……我希望自己能死得其所,这样死亡就不会来得那么痛苦。我还梦想能命人杀死敌人,一个并不存在的敌人,这只是理论上的,因为实际上我不可能这么做。我还希望能把握事物的本质,可以吗?就是说认识事物,懂得事物,可以吗?

继续说!

但是,约纳斯打了一个嗝,但是这一切,这一切都不是我的愿望。我真正的愿望是:能有更多的愿望。我的愿望是能实现我所有的愿望。这是我的第一个愿望,后面两个愿望有没有都无所谓,我把它们送给你了。

陌生人再一次摘下眼镜,用嘴叼着镜架,睁大眼睛盯着约纳斯。过了片刻,他笑了,很好,太棒了!

既然这样，约纳斯敲敲胸脯，想止住打嗝，那我就说出我的第一个愿望，我们现在起立，分头朝相反的方向走。

约纳斯，从明天起，你的愿望就会开始实现。有两件事你要记住：第一，要给你的愿望一些时间，让它们能充分地施展；第二，你不能用愿望来当愿望。

我觉得这话听起来像是在咬文嚼字。

现在我们结束了。

陌生人站起身。

然后呢？约纳斯问。然后你会出卖我们？

九口水。

什么？

止打嗝。

我没有水。

不需要水，你只需伸出手，假想手中有一个杯子，将头朝后仰，慢慢地喝九口水。

公文包里装的是什么？

你没必要知道。

我以为我所有的愿望都会得到满足！公文包里有什么？你脱光衣服，拿一把儿童玩具铲塞进肛门里，在草地上跳一圈舞！怎么样，跳啊！

陌生人摘下眼镜，冷冷地盯着约纳斯。约纳斯觉得他的目光如同广告海报上的一张人脸在盯着他看。

你没有理解我的意思，陌生人说。我所说的不是你要什么，而是你的愿望是什么。我的公文包其实和你没有任何关系。想想看，你的愿望究竟是什么，约纳斯。

陌生人转身走了，没有握手告别，只是微微点了点头。

约纳斯目送着他的背影。虽然这个时候再不去买火车头就买不到了，但他还是没有拿定主意去商店。他有些不知该如何是好。他心中有些窝火，为了下午的生日聚会，他早晨特地把车放在家里了，要不然就可以省掉打出租车的钱了。

一对老年人从身旁走过。一个男孩踏着滑板驶过，嘴里喊着一些莫名其妙的口号。一个漂亮女人在对面的凳子上坐下，她穿一条短裤，一件蓝色的紧身T恤，头发扎成一个结。两人的目光相碰。她打量了约纳斯一番，然后扭开目光，再也没有转过来。

一个外国女人裹着一件宽大的袍子，迈着快步朝他这边走来。有四个卖烤香肠的小混混跟在她的身后，发出发情似的挑逗声。外国女人低着头，试图甩掉他们。女人模样俊俏，急匆匆地抓起自己的包，跑过草地。约纳斯朝其他路人的脸上望去，指望能从中看到愿意见义勇为的表情，但是所有人的目光都转向了别的方向。外国女人从约纳斯身边跑过时，约纳斯想站起身，但是却坐着没有动弹。

没一会儿，外国女人不见了，那几个毛头混混也不见了踪影。约纳斯羞愧地坐在凳子上一动不动。就在他一门心思对付打嗝的时候，手机响了两声，但不是玛丽的专属铃声，他的手没有伸进口袋去拿手机。

他的身后传来一阵嘈杂声。一个小男孩手里拿着一个玩具小艇,站在没膝深的水中。看,我的小船!男孩喊道,它能在水中划!

约纳斯点点头,但是目光并没有看那个小艇。他弯曲手掌,好像在端着一个杯子往嘴里送。他头向后仰,一共吞咽了九次。等了一会儿。涌动没有了,打嗝消失了。

2

托姆和克里斯今天徒步旅行了一天,早早地睡了。约纳斯把火车头藏在衣帽架上,确保孩子们第二天看不到它,因为孩子们发现火车头的时候,他一定要在场。

刻度表一到十,愤怒现在是多少度?海伦从厨房里问道。

六度,他说。大家一个个都度假去了,还有不少人休病假。说不定我明天晚上要晚些回来。瞧我这嘴巴,什么说不定,明天晚上肯定要晚回家。

家里的猫叫着,绕着他的裤腿蹭来蹭去,猫怪怪的,名字叫亚斯托。约纳斯伸手挠猫。海伦从厨房和客厅之间的窗口递给他一张明信片,是她的父母写来的。约纳斯瞥了一眼内容,然后把明信片放在一边。

你和维尔纳说过了吗?海伦问。

没有新的进展。他问她休假如何打算。

维尔纳的姐姐有一间精品店,她想找一个经理很长时间了,甚至也有可能是在找一个合伙人。海伦上过时装设计学校,她现在这份工作已经干了很久,待遇不好,薪水也差,因此她琢磨着要把维尔纳姐姐的精品店打造成一个高端商品的专卖店。她早就开始通过电子邮件联系公平贸易网上世界各地的买家和卖家了。

约纳斯坐在沙发上,打开海伦订的《经济日报》,里面也有用占星术分析女经理人获得成功的文章。他很想找个人谈谈公园里遇到的那个陌生人。他的目光越过报纸,落在墙上挂着的阿斯特丽德·林格伦[1]的宣传画上。玛丽,她这会儿在干什么呢?

他心不在焉地把报纸翻来翻去,接着开始抚慰自己,虽然没有什么特别的欲望。在温暖的季节,阳光下美丽的面孔、赤裸的大腿和小腹,以及敞开的领口,一次次展现在他的眼前,最终汇聚成需要发泄和解脱的欲望,并在欲望中以一种平和的方式达到性欲的高潮。在这个夜里,他什么也感觉不到,等待着海伦像每天晚上一样,捧着一本书,缩到卫生间的芳香蜡烛旁。

他情不自禁地想到了那几个小混混和那个外国女人。但是他又能做什么呢?他愁闷地摇了摇头。

怎么了?海伦一边在电脑键盘上敲击着,一边问。

没怎么。

---

[1] 阿斯特丽德 · 林格伦(Astrid Lindgren),1907—2002,瑞典儿童文学作家。

你在气什么?

什么也没气。怎么了?

那就好。医生的事情怎么说?

什么医生?

儿科医生。

他茫然地看着她,试图猜出来她是什么意思。

你忘得一干二净。

他猛地一掌拍在额头上,与其说是真心的后悔,不如说是在做一种知道自己犯错了的姿态给海伦看。他答应过,在去幼儿园前,先送孩子去打脑膜炎预防针。他想起来了,就在那个时候,玛丽给他发了一条短信,他回发过去,她又回发过来,结果一来一去,一走神,就走上了直接通向幼儿园的路。

早就知道会这样,海伦说。

他没有回答。

早就知道,你对孩子一点儿责任心都没有!

没必要把气氛弄得这么紧张。明天肯定不会忘记,我保证。

哼!什么明天!海伦的声音变得又高又尖。今天就应当去做最重要的事情!

什么是最重要的?

他们的目光碰撞在一起。

孩子!我们的孩子!

他们已经睡了,他说。你究竟要我做什么?

我要的东西你办不到,约纳斯!

你今天晚上还要我办到什么？真是见了鬼了！他冲着海伦的后背喊道。

海伦用力关上卫生间的门。听到锁舌发出的啪嗒声后，他从衣架上衣服的口袋里掏出手机。就在这时，他听到滴滴声，是"维尔纳2号手机"发来的短信。

刚游完泳，在回家的路上。电话？

心肝宝贝！这里的情况不是很好。很想和你在一起。

好吧，阿出去了。这一天过得好吗？

不要担心，但是我还是要问一下：你有没有感觉？阿会不会知道些什么？

只几秒钟，回复就来了：

你指什么？

今天碰到一个奇怪的家伙。他知道我们的事情。

什么？？？

我也觉得是一个谜。不可能是海伦捣的鬼。这点我还是了解她的。

见她没有立即回复，约纳斯便蹑手蹑脚走到两个孩子的床边。水晶盐石灯是开着的。约纳斯在床边俯下身。

每当看到孩子们脸上松弛的表情，他心里总会冒出一种说不出的感觉，温柔，懦弱，投降，无条件的爱。孩子们用没完没了的愿望磨他的耳朵根子，或把房间变成战场令他心中升腾起的那种不快，便会一扫而光。这种说不出的感觉在瞬间占据了他的全身，因为他在这四个平方米的空间里看见了自己生命的全部意义,这不禁令他产生了一种近乎恐惧的感觉。但是过了这一次,到了下一次,他一定会重新端详两个儿子,再次沉湎于那种迂腐的思想中:自己这一生至少还是做了一件对的事情。

他每人亲了一下。托姆亲在脸颊上,克里斯因为是趴着睡,所以亲在后脑勺上。他们的枕头上有一股甜甜的可可味道。

这怎么可能呢!是谁?什么地方?你是不是和别人说过?能通个电话吗?

现在电话不方便。我怎么可能对别人说呢。我们明天见个面。

告诉我是谁。

不认识。一个疯子。不用担心。想你,整夜想你。

我会整夜想你说的那个疯子!

我不会的!因为我是一个理智型的人,特长就在于能正确把握局面。

再研究。晚安。

他拿起一本冰岛旅游书,里面介绍的却是威尼斯。书是维尔纳过生日时,同事们开玩笑送给他的,他又转送给了约纳斯。约纳斯双手冰凉,胃部开始痉挛,腿微微颤抖。他站直身体,拿着盘子和杯子在客厅和厨房之间进进出出,好让自己做点儿什么。

他不希望海伦知道他和玛丽的事情。因为这即便不会造成婚姻的终结,也会意味着彼此信任和正常生活的终结,也说不定是一切的终结。几年前他和另外一个女人上过床,过了几天他如实告诉了海伦。没想到她的反应出奇地激烈。一个星期，整整一个星期她没有和他说话。一个月后，她和一个男人上了床，是谁她没说。他知道，一旦她知道了玛丽的事情，那么一切在瞬间就全完了。

所谓全完就是终结。他不知道自己是不是希望这种终结。他又想离开海伦又不想。他不知道自己究竟希望什么，他甚至不知道，自己是不是应当希望点儿什么。如果没有孩子，事情可能会是另外一种样子。说不定。

他认识玛丽的过程是相当放肆的，那是在咖啡馆，玛丽穿着航空公司的制服坐在他旁边的桌位上。他抬起目光，移开目光，然而十分清楚自己看见了什么，于是重新把目光移动回去。从这一瞬间起，他产生了一种无法遏制的冲动，一定要死死盯着她看。玛丽的一个同事拿来一个购物袋让她暂时看管一下。两人告别时，玛丽把手机号告诉了他。约纳斯记下了她的号码，放肆地看着她的眼睛，说道：谢谢。

有一段时间，他并没有把这个关系特别当回事，只是把她看作是不准采摘的禁果，以为这种关系会悄悄地自生自灭。之后，他还会和妻子像往常那样，继续生活下去，只不过是又多了一个经历。但是过了一段时间，他发现自己想玛丽的时候，会比对海伦更动感情。最近几个月，他觉得没有她自己活不下去。他给她写电子邮件，给她发短信，时时刻刻盯着自己的手机，生怕漏掉她的短信或电话，但是这种突如其来的短信或电话几乎没有发生过，因为她从来不会冒这个险。

他们一个星期见面一次，在咖啡馆、公园、电影院或百货商场。他们在街上散步，身体只有轻微的接触，仿佛是偶然的；他们会去吃饭，偶尔还会去听音乐会；他们会去合奏酒店开房，但是也有两次是在汽车里，有一次还是在一个女厕所里，因为时间来不及。

他不知道接下来该怎么办，因为这事不会有结果。他无法想象自己会和玛丽生活在一起，因为这样他就成了她孩子的父亲，而自己的两个儿子却没有了父亲。该怎么和他们解释？我以后会和另外一个男孩子生活在一起——这样不行，他做不到，这和抢走另一个男人的孩子是一个道理，他做不到。

卫生间里传出往浴缸里放水的闷闷的声音。他开始整理光碟。有几张碟子他将来肯定不会再听了。他用尽力气把碟子朝窗外扔去，看着光碟闪着银光消失在夜色中，然后把光碟的套子扔进垃圾桶。

爱你。一切都会好的。

也爱你。但是我有些担心。

不要担心，一切都会好的。

海伦抹了一头的洗发水，躺在浴缸里玩儿数独。只是偶尔抬头看一眼。浴缸边上闪烁着五根蜡烛，看上去如同墓地的长明灯。一种苹果和桂皮混合的浓香沉沉地弥漫在潮湿的空气中。

他对着镜子挤脸上的脓痘。海伦总是讥笑他的脸，说看到他的脸就会想到冒芽的土豆。对这种过分的夸张，他以前总是一笑了之，但是自从有了玛丽，他便开始认真起来。现在甚至还开始往脸上擦护肤乳。

他从抽屉里取出一个指甲剪。不小心剪歪了，血一下子冒了出来。他疼得倒吸一口气，然后朝淌血的伤口上吹气。他透过镜子看着海伦，看着她那张还蒙在鼓里的、软和的脸。

我爱你，他说。

3

第二天早上，约纳斯听到海伦在过道摆弄钥匙，接着传来关门和锁门的两下咔嚓声，继而是电梯发出的吃力的沉沉的声音。一切都寂静下来后，他钻出被窝。孩子们跑过来，嚷嚷着要喝可可，吃糖果，玩游戏，看电视，还要最喜欢的T恤。孩子们围着他闹腾得太厉害，弄得他穿衣时差点摔倒。

海伦已经给孩子们准备好了去幼儿园的背包，把这一天要穿的衣服也摆在了外面，在这方面海伦很不相信约纳斯，认为他不是给孩子穿得太多就是太少。他则总是有意把她拿出来的衣服搁在一边，然后从衣橱里拿其他的衣服给孩子穿。他当然知道该给孩子穿多厚或穿多薄，尤其在夏天，这并不是一个难以解决的任务。如果外面脏兮兮的积雪达到脚脖子深，或是结冰路滑容易发生事故，他也知道该怎么做，他从一开始就知道。他换过尿不湿，温过奶瓶，量过体温，遇到肠胃胀气还给孩子做过按摩。他不明白，妻子这样贬低他的日常生活能力，究竟用心何在。

　　一条玛丽的短信。他回了两个短句,没有时间写长的,因为托姆正骑在他的脖子上摆弄他的喉结,克里斯则在全神贯注地用他那把塑料制的激光宝剑瞄准架子上的花瓶,想把它击倒。他急急忙忙准备完早饭,给孩子们刷牙、穿衣。他费了很大劲儿才把孩子们不停挣扎的脚塞进鞋子里。房门已经打开了,克里斯仍然挣脱了他,在房间里跑来跑去,整个房子都回荡着孩子们清晨的叫喊,不过他仍然很有耐心。每天早晨把孩子塞进汽车后,他都会大汗淋漓。

　　在儿科医生那儿,他琢磨着是不是要给克里斯量一下个子,但是他不想以失望的心情开始一天的生活。所有例行的检查都做过了,什么腕关节透视、过敏源排查、乳糜泻检查,等等,但就是没有找到不长个儿的原因。医生总是重复相同的话语:荷尔蒙治疗是最后的手段了,家长不必太过担心,大多数情况下孩子们将来都会长到可观的高度。

　　儿科医生针扎得不好,角度太小,血清注射进皮肤推得太快。但是两个孩子并没有吭声,克里斯甚至还礼貌地对奖赏的糖果表示感谢。医生伸手给托姆糖果时,托姆咬住了他的手。医生叫喊起来,如同遭到了一只格斗犬的袭击。约纳斯拉住托姆,快速走出诊所。在街上都能听到医生的咒骂声。约纳斯在斥责,托姆在违抗,克里斯在哈哈笑。

　　约纳斯把孩子送到幼儿园时,比平常晚了十五分钟。他给海伦发了一条短信,告诉她一切正常。托姆咬医生的事,他没有告诉她。海伦只回复了两个字：谢谢。

在去办公室的路上，他取了冲洗的照片。然后在一个满是烟雾的小店买了一份报纸，估计小店的主人是一个老头，他在后面的房间抽烟斗，给人一种他好像一直在坐禅的感觉。至少约纳斯从来没有听他说过话，或者根本就没看见他站起来走动过。他坐在那里，眼睛直勾勾地看着前方。约纳斯心里暗自打鼓，这个老家伙心中究竟在想什么。

女营业员的手指黑乎乎的。她在后面的房间给用完的打印机墨盒重新装粉，挣点儿外快。她习惯性地向约纳斯也提供此项服务。约纳斯客气地摇摇头，举起报纸，让她眯缝着眼睛看上面的价格，不必用沾满墨粉的手去碰报纸。

出去的时候他经过一台即开型彩票机。他忽然想起了那个陌生人的诺言，从今天起他所有的愿望都能实现。于是他往投币孔里塞进一枚硬币，按下金属手柄。打开彩票前，他闭上眼睛，心想：但愿是一个头等奖！

他撕开信封，缓缓打开彩票。

中了吗？女营业员问。

很遗憾，没有。他把彩票扔进废纸篓。早就料到了。

下一个交叉路口是红灯。他闭上双眼。愿地球和平，他心想。他暗自发出呼吁：消除饥饿，消除核武器。他发出更加坚定的呼吁：消除压迫妇女，消除歧视！太好了！他发出呼喊，喝彩叫好。再也没有暴力！再也没有侵略！

后面传来愤怒的喇叭声。他睁开眼睛，信号灯是绿的。他笑了。

　　到了办公室，他冲了一杯咖啡，显示器上贴着托姆和克里斯的照片，他把照片旁边的玩具警灯打开。随后，他换下"请勿打扰"的牌子，但是并没有人理会，估计是因为大部分同事昨天都喝醉了，已经注意不到这类小事了。不过，被打扰的可能性也非常小，因为他在办公室属于怪咖类型的人。

　　总经理给全体人员发了一份邮件，要求大家给一个城市旅游的招标项目献计献策。这份邮件他只是扫了一眼，因为第一，对这类要求，他没有义务去开动脑筋，第二，他对这个主题也不感兴趣。他查了一下，看看有没有玛丽的短信，结果看到了一条海伦的短信：我爱你！他回复：我也爱你！

　　他全神贯注地工作了一个上午，除了他正在制作的那份广告书，唯一引起他注意的只有头顶上那台老旧空调发出的嗡嗡声。他站起来过一次，叫醒美工尼娜，向她要了点儿东西。尼娜睡眠不好，靠在写字台上补觉。只要沃尔夫又高又干瘪的身影出现在门口，约纳斯就会悄悄地碰一下尼娜，或者朝她头上扔一块橡皮。

　　大家都听好了！

　　约纳斯没有转身，他熟悉这声音。

　　还有你！

　　约纳斯把椅子转个圈。是维尔纳，个子足有两米，穿一条名牌牛仔裤，一件连帽衫，看上去像一个十足的说唱歌手。他站在办公室中间，高高举起的手里赫然躺着一块沉甸甸的大石头。

今天有谁看新闻了？

我已经知道了，一个人说。

出什么事了？奥菲利亚问。

我没看，怎么了？

红衣主教复活了？

还没有看新闻的人听好了，维尔纳大声说，两个月后，一块高达六千米的、我手上这样的石头将会击中我们！概率是四千分之一！

你手上的家伙不是陨石，老宋德海姆说——昨天过的就是他的生日。你手上拿的是一块再普通不过的铺马路的石头！

不要那么较真，我说的是这件事！

办公室笼罩着一种无所谓的气氛。从大家平常的表现来看，他们似乎对什么都无所谓，交稿日期、个人的命运打击，或者自然灾害什么的，因此这条消息并没有引起群情激动。约纳斯办公室的人都戴黑框眼镜，感兴趣的是音乐、艺术、文学、旅行，还有青年人的文化，他们会把钱折腾在葡萄酒专卖店、海鲜店，和兴奋剂交易场所。有些人从上午十点就开始喝酒，由于公司采用的是平等式组织架构，因此没人过问此事，除了公司经理沃尔夫，而他本人却很少在办公室露面。冷漠对他们来讲是一种理所当然，即便最糟糕的消息，他们也能无动于衷地听之任之。

还有一个！维尔纳大声说道。如果驾驶飞机的是一个黑人，那么他叫什么？

办公室响起了叽叽喳喳的声音，角落里传出一个声音：黑色动力？

他叫飞行员！你们这帮种族分子！

有人在骂，有人在笑，大部分人则在悄悄地浏览在线新闻。约纳斯没有随大流，他不想丢人现眼，被维尔纳的玩笑牵着鼻子走。那个标题叫《虐猫66法》的配插图的小册子，作者其实是一个狂热的动物爱好者，约纳斯相信作者肯定是意在言外，另有所图。他干脆调出了自己股票的行市。

看到数字，他想会不会弄错了。一阵燥热从他的体内涌了上来。

这怎么可能呢，他心想，是不是弄错了户头？该不会是海伦的户头吧。他看见了自己的名字，核对了一遍，两遍，三遍。他看着数字。看来一切都是对的，肯定没有错。虽然难以置信，但的确如此，他的股票在二十四小时内上涨了差不多百分之十五，特别是那些他没有听从理财顾问的建议，自己买入的股票。

他攥紧拳头，强压下去内心的欢呼。他并不特别看重资金上的盈利，他看重的是，要玩就要玩得好，比别人好，比大部分人好。在过去的几个星期里，他有过一些失望。但是这一次不仅补平了，而且还盈余了。

他倒了一杯咖啡，带着几分得意和自豪重新回到自己的写字台上。三姊妹是一家规模很大的广告公司，有过辉煌的历史，不过现在也接一些不那么有分量的业务。约纳斯在公司负责较低级的业务。这个星期他的工作就是负责一家新成立的洗车店的广告册。虽然他对这个业务没有丝毫兴趣,但是股票上的收益令他工作的积极性高涨了起来。

三姊妹的创始人年事已高,几年前患上了精神错乱。他曾经立过一条规矩,每个员工在一天的工作中必须在室外度过一个小时。广告公司的全体员工,从领导到实习生,对遵守这条规矩都非常重视。约纳斯经常去公司后面的小公园,那里每隔几米就有几个同事捧着笔记本电脑坐在一边,或者占去了那些下棋老人的位置,或者和上学的孩子们踢足球。

在离一群老年人玩掷球游戏不远的地方,他碰到了维尔纳。他正在一边用笔记本电脑看音乐片,一边给一个客户打电话,同时还在吓唬一个用皮弹弓瞄鸽子的小男孩。约纳斯在他旁边的凳子上坐下,等他打完电话。

让他去求人,他觉得很难说出口。他在心里暗自埋怨海伦和她的馊主意。他欠维尔纳很多人情,但是一直没有机会报答。他们能在这里共事,也是多亏了维尔纳。约纳斯并不是一个才华横溢的广告人,但是维尔纳,这个曾经独自掌管过大笔资金的人,仍然给他配了一张写字台。他本人则在一间小一些的办公室上班,设计营销方案,负责策划活动和拜访重要客户。约纳斯不仅办公室比他的大,处理的事情也比较容易,不可能出什么大错。

你的姐姐,还有她的那个精品店……

怎么,你喜欢她?我可警告你,这个女人不大正常。

我不是这个意思。你不记得了吗，我曾经问过你……

想起来了，为你老婆，是吧？我和苏菲在电话里讲过这件事。她很想和海伦谈谈。

海伦肯定会很高兴。时间长了我觉得，不应当用好人来形容你，正相反，你特别会折磨人，你通过一再给人关照来给人施加压力。

谁说我是好人的？

我的话是有道理的，你真的不能算是好人。一般人对好人的概念，在你身上一概没有，比如说，你不是见到可怜的人就同情，这种反射你是没有的。

太对了！谢天谢地！其实我对你也有一个请求，今天早上我产生了一个念头。下个星期告诉你吧，也说不定还是不告诉你好。

突然，他们浑身一颤，有人在身后用颤音哨对着他们的耳朵吹。是塞弗林，文案部主任。维尔纳揪住他的胳膊，一把夺过哨子，随手送给旁边的一个孩子，然后一声不吭地坐了下来。

洗车店的项目做得怎么样了？塞弗林问。快交了吧？

不敢说，约纳斯说。这个项目挺难受的，单调，乏味，没有新意。

对你再合适不过了，塞弗林说，他一张嘴，一块口香糖紧贴着他们的头皮飞落在灌木丛中。

他坐在前面的一张长凳上，出钱让三个孩子到售货亭给他买六罐装的啤酒。约纳斯打开自己的笔记本电脑。

如果我在我的身体内,维尔纳说,在我的物质中不断挖掘,不断往深处挖掘,或许会发现,我就是能量。

也只能说或许吧,约纳斯说。

你怎么看来自宇宙的威胁?

真的有来自宇宙的威胁吗?还是有人编造出来的?

他们可能昨天夜里刚知道,也可能早就知道了,不过对外是才公布的。可能是有人以前算错了,也可能是才算错,这些人啊,你永远搞不清楚。如果连公制和英制都分不清……

所有新闻版面都用特大图标报道了那颗凯图 2 小行星。科学家们还在为小行星击中地球的概率吵争不休。悲观的判断是四千分之一,有人认为是一万两千分之一,也有人说是二万五千分之一。约纳斯迫不及待地看着报道,他感觉到身体内有一种刺激,但这不是不安。他和维尔纳一样,觉得宇宙不可思议。当年探路者在火星上登陆的时候,他们曾经兴奋地欣赏那些来自另外一个星球的图像。

下午,他的手机响了。看到是安娜的名字,他心里一阵喜悦,已经有一个星期没有听到她的消息了。

快开电视!快!

过道的墙上有一个壁挂电视,是圣诞节挂上去的。整个过道因为复印机一直不停地工作而充斥着一股纸张的味道。约纳斯不得不移走粘在显示器上的飞镖靶,肯定有人用它当托盘,端过饭菜和饮料,因为靶子表面已经不平了。而遥控器他是费了很大的劲儿才在冰箱里找到的。

突发新闻！传来播音员激动的声音。好像是缆车。

小行星？维尔纳问。

搞不清楚，刚开机。

是缆车的吊篮脱落了，安娜在电话里说，是山里的一个缆车。

约纳斯把消息告诉给维尔纳，然后问安娜：

知道地方吗？

我知道还有一个吊篮挂在半空中，不过据说人已经救下来了。

屏幕上可以看见穿警察制服和消防员制服的人。现场报道时断时续，看来线路有问题。一个晃晃悠悠的特写镜头：是被关在半空中吊篮里的人。有人在挥手。约纳斯看见有滑雪手套、背包和登山用的伸缩手杖。背景里传出直升飞机的隆隆声，时不时还能听见男人歇斯底里的叫喊，但是无法判断声音是从什么方向传过来的。画面的聚焦总是很模糊，现场直播不断被各种故障打断。

从上百米的高度掉下去的！安娜说。

我的天，怎么发生的？

没人知道。据说有六七十人。太可怕了。还有孩子！但愿能把还挂在上面的人救下来。我要挂电话了，我要去理疗。

后面的结果再打电话告诉我，他对着电话喊道。但是安娜早已挂了。

约纳斯盯着屏幕。我的天啊，帮帮他们吧，把他们弄下来吧！

他把手机扔在写字台上的一摞画稿和创意方案旁，想让自己的思绪进入对洗车店和超级新型洗车蜡的思考。电视上的画面没有人在意。就连宋德海姆，这个常常因为年纪最大而被专程介绍给客户，实际上却几乎整日无所事事，就知道装作二十岁的双性恋在聊天网站虚耗时间的老家伙，这会儿也无动于衷地玩着网络扑克牌：他这一生中看见过的不幸多得不能再多，再也不想把心思放到关注新的不幸上去。

约纳斯的手挥了一下，这个动作表明，他还没有形成想法。他在纸上画了一辆正在喷淋的汽车，到最后自己也忍不下去了，于是重新走到电视机前。过道里的人都走光了，就连吸烟角也空无一人。

直升飞机用绳索放下一名救援人员，他从一个妇女的手中接过一个孩子。播音员的声音又断了一会儿。突然，缆车吊篮剧烈摇晃起来，播音员的声音也随之变得急促。

约纳斯时而盯着画面，时而扭过目光，时而又扭回目光。

救援人员抱着孩子被缓缓地拉上空中。可以看见吊篮里的人在招手，扭动身体，打电话，相互挣扎。电视镜头摇向几个地方，显然，这是刚才那几个吊篮坠落下去的地点。残骸，黑烟，夹杂着雾气，竟然还有一只牧羊犬在失事地点蹦来蹦去。

约纳斯到楼下的食堂要了一杯意大利咖啡。食堂由三姊妹广告公司和其他几家公司共用。他听着周围的嘈杂声，餐具的撞击声，轻轻的笑声，偶尔传出的喊叫声，觉得耳朵像是塞了棉花。声音越是沉闷，感受到的气味就越是强烈。现磨的咖啡味，某个同事的剃须水味，透过敞开的窗户飘进来的夏日热沥青的气味，还有多日没有下雨的天气中茂盛的树木的味道。他几乎感觉不到有人从他面前走过。他只是在想那些被关在吊篮里的人，脑海里浮现着此时此刻发生在那个地方的一幕幕画面，在想着说不清的东西。

一只鸟从窗前飞过。约纳斯不禁自问，如果他的心灵慰藉全部维系于是否能再次看到这只鸟，那么他该做什么呢？他必须再次看到这只鸟，这是一项任务，他的目光必须捕捉到它的存在。该怎么做呢？该上哪儿去找寻这只鸟呢？它究竟长得什么样？究竟属于哪一类？自己有机会找到它吗？

他又坐电梯回到楼上。尼娜独自站在过道里。就在这时，又有一个救援人员顺着绳索被放了下来。

上面还有很多人吗？约纳斯问，声音不大。

一个都没下来，风太大。刚才救了一个孩子，后面还一个都没有被救出来。

约纳斯盯着吊篮，盯着钢缆。但愿都能救下来，他心想，但愿全部。

钢缆断裂，吊篮坠出了画面。

4

服务台的那位老先生头也不抬地报出他的房间号。约纳斯害怕在电梯里会鬼使神差地撞见熟人，所以他埋着头，上楼梯，走到四楼。敲门，两长，三短。房间里传来脚步声。他呼出胸中的空气，又深深地吸了口气。

玛丽身穿一件深红色连衣裙，样式不张扬，黑色的鞋子很有气质。黑色发带是他送给她的。她说了句什么，但是他没有完全听清楚。房间里弥漫着一股柠檬香。

他轻轻地抚摸了一下她的脸，注视着她右眼瞳孔中的小黑点，心里默默地说了声你好。他每次见到她都是这样。他们相互拥抱。抚摸她紧实的肉体，他感到了一种刺激。她每个星期游泳两次，身体摸起来比三十四岁要年轻十岁。他抱着她拥向床边，但是这次她的身体一直挺直着。

那人是谁？他知道什么？

他脱离了陶醉的状态，很是不情愿。

别提了。没法儿说。

他究竟要干什么？

满足我三个愿望。

编啊，编啊，亲爱的，你是不是非要开玩笑不可。要是这样，我也有让你意料不到的东西！不过首先我要让你了解我的性格中某些你可能还没觉察到的特点：面对这类事情我绝对缺乏勇气！在婚外恋方面，我绝对算不上女中豪杰！和你走在路上，我不想感到有人躲在汽车里给我们偷拍。

说说看你的意料不到的东西。

她把身体从他身边挪开一点。

那人是谁？他都知道什么？你们都谈了什么？

算了，这事就让它过去吧。别再提了。阿伯克不知道，海伦也不知道！再说我们只有两个小时的时间。

玛丽一脚跺在他的脚指头上，一言不发，眼睛死死地盯着他。

非要知道不可吗？

他——是——谁？

我真的不知道。我估计那人脑子有毛病，总而言之他满脑子古怪念头，满世界地游荡，今天在这里，明天在那里，莫名其妙地和人找茬儿。

我看这个描述对你再贴切不过了。

也许大多数人都是这样吧，他说。

你怎么了？没事吧？

那个缆车从他的脑海里一闪而过，他眼前浮现出那个被救出的孩子。但是就在这一瞬间，玛丽一把将他推倒在凉爽的床上。他们脱光衣服，各自脱各自的，动作非常迅速，而且一言不发。

每个女人都有一点和别的女人不一样的地方，在做爱时都有自己的独特之处。约纳斯就特别沉迷于玛丽的独特之处。海伦很少叉开大腿，而玛丽则不同，她要么将大腿完全张开，要么弓着腿，小腿夹住他腰部两侧。在这种状态下，他会觉得自己是一个完整形态中的一部分，他们合二为一，亲密无间。

他们亲吻。玛丽张开双腿。她将他的头紧紧夹在大腿之间。他听见她发出低沉的呻吟。他抬起目光朝上看去，只见她紧闭双眼，牙齿紧紧咬住一根手指。在她达到高潮的那一瞬间，他扑倒在她的身上。他内心的顾忌完全消除了，他进入了没有时空的梦境。

　　他走出卫生间，在她身边躺下，用一只赤裸的脚抵住床的木柱。他从下往上打量着墙上的情色油画，画面是一个艺伎骑在一个王公贵族或一个武士的身上。

　　维尔纳不久前说过，他看不起没有性生活的人。

　　我看不起没有思想的人，她从枕头下面低低地说道。

　　那个事故你听说了吗？

　　哪个事故？

　　缆车，山上的缆车。

　　她坐直身体，舒展双臂把枕头拍拍平。

　　现在说这事太扫兴了，约纳斯。

　　哦，对不起，只是，那个……

　　我知道，别说了。

　　我不是那个意思，唉，我也说不清楚。

　　你什么东西说不清楚？

　　他扭动床头收音机的选台键。收音机喀拉喀拉响了一分钟，他找到了一个台在播放爵士乐。

　　说说看你能让我意料不到的事情，他说。

　　阿伯克要买那个房子。

　　那个房子？哪个房子？啊，明白了，那个房子。我以为他嫌贵。

是很贵！但是上个星期他改主意了，他无论如何要买那个房子。

那么你呢？你也想买吗？

5

过道里只有广告霓虹灯在闪亮，孩子们已经睡了。他失望地把购物袋放进厨房，袋子里的葡萄酒瓶发出轻微的碰撞声。

他听见海伦叫他。她在卧室，躺在床上看书。他隔着虚掩的卧室门朝她挥了挥手，然后走进孩子的房间。房间里弥散着水晶盐石灯的微光。

他看着两个孩子乱蓬蓬的小脑袋，心里顿生了一种慈爱。他感觉有些对不起良心，因为没有及时赶回来哄孩子们睡觉，而且迟回的原因也是说不出口的。他多么想为他们多做点儿什么，一想到他们两个有可能会遇到不顺，他的两腿就有些发软，心情也随之变坏起来。

海伦又叫了一声。卧室的光线也是朦朦胧胧的。她一丝不挂地躺在床上，被子完全掀开着。

那个事故你听说了吗？

海伦给自己盖上被子。

我妈打电话告诉我的，她说，我在电视上都看到了。

只救出了一个人，是一个孩子，那个场面我看见了。

一百六十二人。

什么？约纳斯大吃一惊，我以为不到一百人呢。

开始大家都这么以为。但是缆车吊篮是超载的。

约纳斯不敢直视海伦。他的目光越过她，落在墙上托姆和克里斯的照片上。身上沐浴液的味道是不是太浓？呼吸是不是太清新？她是不是能从眼神中看出来自己到哪儿去了？

他坐在床沿，在海伦的唇上浅浅地吻了一下。

那小行星撞地球的事你肯定也知道了？

你怎么总是让我心神不宁，海伦说。

我们可以计算一下。这颗小行星撞击到地球的概率是四千分之一。这就是说，地球上每四千人中就有一个相信，那个玩意儿会撞到地球，因此每四千人中就有一个会歇斯底里大崩溃。

你怎么能这么算。

非常符合逻辑。这叫心理数学。

我看你还是早点儿睡觉吧。

他把采购的东西清理出来，尽可能不弄出声响，然后又看了缆车坠落事件的特别报道。里面有遇难者的照片，一起丧生的还有两个名人，一个是烹饪节目主持人，一个是前国务秘书。关于那个孩子的情况，他来自什么地方，新闻没有做任何报道。

他接着又把所有频道搜索了一遍，想看看有没有小行星撞击地球的最新消息。关于撞击的概率，根据最新的计算，已经调整到了一万分之一。约纳斯有些失望，因为事件不那么具有爆炸性了，报道的强度也减弱了。

他打开"我性感吗"网站，这是一个用户可以彼此打分的网站。他调出自己的照片，看见自己得到了三个新的评分，两个九分，一个最高分十分，于是他的总分一下子从六点三升到了六点五。他颇有兴致地浏览其他用户的自我介绍。这个时候他想到了衣服口袋里的照片。

他把所有照片全摊在客厅的桌子上，先把这个月的1号拍的照片划拉到一边。拍得都不错，但就是缺少那么一点儿特别之处。他端详了很长时间，最终选定了一张几天前在一个集市上拍的照片。画面捕捉到了许多人的正面，他们的动作、他们的交谈都凝固在了画面上。他唯独把这一张照片插进影集里，其他照片都放进一个鞋盒里。他把自己的大头照放在另外一摞照片上。这些照片是他在过去的几年中，每个月的1号给自己拍的，背景始终完全一样，没有任何图案。

亚斯托淌着口水呼呼地跳到他的大腿上。约纳斯一边给猫挠痒，一边审视着集市的照片。

一个男人戴一顶红色的棒球帽，袋子里的冰激凌正在掉出来；一个少女，头发是褐色的，紧皱眉头，手指间夹一根香烟，颇带风尘味的嘴角似乎在向某个人喊着什么；一个老妪，神情恍惚。张开的嘴，眼神，人群，无名。瞬间。要的就是这个。这也是他搞摄影的原因。这一秒钟就这么存在过了，然而却没有任何人感受到它的存在。直线是由一个个人们视而不见的点组成的。时间是直线。这一瞬间就是一个点。

十二点，他轻手轻脚地钻进被窝，关上灯。他触摸到了海伦干瘦的身体，然后调整了下自己躺的姿势，让腿能触碰到海伦的大腿。他的内心腾然涌起一丝温柔，他再次俯在海伦的身上，想亲她的额头，但是却碰到了她的鼻子。海伦在鼾声中猛地惊醒，接着又转身躺到另一侧。

十二点半了。他在想阿伯克和那个房子。一点了。他想到了两个孩子，还想到自己其实是很想和他们多待一会儿的。闹钟的夜光指针走到了两点。他仍然大睁着眼躺在床上。他想到了玛丽。这个房子会让他们变得疏远吗？

两点半了。他起身穿上衣服，把汽车钥匙揣进口袋。

6

月光透过云层，冷冷地洒下。一路上没有行人，没有汽车。在父亲家的楼门前，关车门发出的声音响彻了整条街。他打量着这栋老房子，深夜沉沉的湿气扑面而来。他拍了一下裤子口袋，房门钥匙在里面发出窸窸窣窣的声响。

楼梯间很脏，墙上刷的都是广告。白炽灯能亮的没有几个。空气中弥漫着一股醋酸味。房门口的地上散落着几堆广告和杂志。他用脚把它们从门前地毯推到过道里。他按下灯开关。但是只有前厅的灯还能亮。

他摸索着穿过漆黑的房间。虽然父亲住进养老院已经半年了，但是约纳斯的鼻子仍然能感受到悬浮在空气中的老男人的气味。他听见了一个闹钟的滴答声，这个声音他从小就非常熟悉。在卧室，他隐约看见了老式木橱柜的轮廓。录像机的指示灯在闪着红光。

约纳斯静静地站了一会儿。除了墙上的壁钟，四周静悄悄的。录像机的指示盘上，0:00，0:00，0:00在不停地闪灭。它们既是在闪自己，也是在闪黑暗，在闪桌子，闪椅子，也是什么都不闪。

他走上阳台，坐在一把破旧的躺椅上，椅子在身下发出嘎吱的声音。细细的小雨无声地洒落在后院的树和灌木上。这里是约纳斯小时候玩耍的地方。四下里黑漆漆的，没有一丝光线。云团黑压压地，从天空中撕扯而过。唯一存在的只有约纳斯和月亮，除此以外什么也没有。

电话响了。

这会儿可是深夜三点。他的老父亲没有朋友，仅有的几个熟人也都知道，他已经不住在这里了。

过了几分钟，电话又响了。约纳斯没有起身。

他抬头仰望天空。为了不让鞋子被雨打湿，他将躺椅朝后抵在墙上。忙碌了一整天，为什么没有一丝疲倦？

电话再次响起。在过道里，他一连撞了两次膝盖。等到架子旁，电话又不响了。他索性把无绳电话拿到了阳台上。

他朝天空望去，夜色沉沉。雨越下越大。他搓揉了几下赤裸的手臂，起身到房间里找衣服穿，但是没有找到合适的。就在他从柜门咯吱咯吱响的衣柜里往外拽被子时，电话铃又响了。

这个时间坐在阳台上肯定很惬意吧。能看到星星吗？

说你呐！都什么时间了，不睡觉在干什么？

你坐在外面？

赶快睡觉！真是有毛病啊，深更半夜到处乱跑，让人到处打电话找。

今天晚上有月全食，你听说了吗？

就你一个人？谁和你在一起？

我这里看不到星星。

电话断了。约纳斯把电话重新放回到充电器上。

云团不断地从月亮前划过。月亮又大又圆。约纳斯看见有一团黑黑的东西从左侧划向圆圆的月盘。过了一会儿。月亮的四分之一被遮住了，又过了一会儿，月亮只剩下了一半。不到半个小时，月亮被云团完全遮住了。

7

约纳斯透过被子缝朝外看。海伦按住闹钟，隔着百叶窗朝外瞥了一眼，脱下睡衣，走进卫生间。看到她白花花的臀部，他立即把脸埋进枕头里。他听见她在厨房烧咖啡。很快，咖啡的香味飘了过来。他还听见一个儿子在叫喊，紧接着便传来走在地板上的踢踢踏踏的脚步声。

海伦轻手轻脚走回卧室，拿出孩子们穿的衣服。她和他打招呼，把孩子托付给他，他则装作刚从熟睡中被叫醒。昨天夜里的不眠对他而言犹如一个谜，但是他却不想和海伦探讨这个谜。

他在书报亭，在满是报纸油墨的女营业员手上，买下了所有头版头条报道这次缆车事故的报纸。这类天灾人祸总是既令他震惊，又令他感到不可思议。他总觉得自己似乎有一种强迫欲，这种欲望迫使他不断想了解更多关于遇难者的情况，了解他们结局悲惨的一生。

约纳斯手举报纸，和女营业员的手保持适当的距离。里面有你认识的人？营业员朝报纸点了点头问。

但愿没有认识的。

刚才一个女的来买报纸，说和她住同一栋楼的一个女邻居、她的一个女同事就在第二个吊篮里。

我相信我们那栋楼里没有人出事。

女营业员浑身一颤，目光顿时变得凶狠。

开个玩笑，他说。

一直到了公司，他还在想着书报亭不愉快的对话。他为洗车店的宣传册寻找合适的标题，但是想来想去，都觉得太俗气。于是他调出他的股票。经过昨天的股价飘红，他想今天自己买的股票肯定要跌了，但是他的股票再一次上涨了百分之五还多。

他给安娜发了一条短信。安娜回复说她在去医院的路上。有什么结果吗？他问。她答：我有先知先觉吗？他回复：那就检查完告诉我。

电脑屏幕的右下角，一个图标在闪动。有人邀请他聊天，是维尔纳。

维尔纳环游世界航海家：倒了大霉了！$§§∫∫%¢Ω∫°！$§§∫!!!!!

约：什么意思？

维尔纳环游世界航海家：出大错了！

约：说具体点儿。

维尔纳环游世界航海家：这个项目我已经干了四个星期了。和客户碰了六次面，策划了广告路线，和沃尔夫也谈过了。我把报价发出去了，但是价格低了百分之十到十二，我忘记把材料费算进去了！

约：说什么哪，不明白。

维尔纳环游世界航海家：报价是有约束力的。我等于给贝根电子白白送了一笔钱。

约：怎么会呢？

维尔纳环游世界航海家：天晓得怎么会呢。想休假了，怨天尤人，天气，小行星撞击地球，什么原因都有！

约：你是不是觉得后果很严重？

维尔纳环游世界航海家：鼓励鼓励我吧！我下线了，马上回家。说不定别人发现不了。

约：别急！邮件已经发出去了吗？

维尔纳环游世界航海家：是的，刚才。

约：刚才什么时候？

维尔纳环游世界航海家：十分钟前。怎么？

约：你知道我们的服务器老掉牙了。邮件发出去前经常要排队。这个时候你的邮件肯定还没有发出去。

维尔纳环游世界航海家：你以为我是网络专家啊？没用。我总不能到老板那儿，对他说，请截住这份邮件。不错，他可能会截下它。但是接下来会发生什么，我非常清楚。也许我明天早晨把一切都告诉老板，这样会好些。

约：坐那儿别动。等我的消息。

计算机中心的房间里没有人，房间里有一股比萨的味道。约纳斯关上门。门上没有钥匙。

约纳斯坐到皮转椅上。椅子在他的体重压迫下发出吱吱的声响。写字台上，烟灰缸里的烟头堆成了小山。旁边是一本武器杂志和一把弹簧刀。一个角落里，一只金丝雀在笼子里啾啾地叫着，另一个角落里，一只仓鼠在不停地踩踏转轮。

约纳斯揭开键盘保护膜。他怎么会冒出这样的念头？这个时候如果门开了，那么他的工作也就没了。

约纳斯没有管理员权限。好在沃尔夫不是特别在意隐藏密码，他敲击键盘特别费力，因此约纳斯只看了一次就记住了：爱丽丝。

老掉牙的不仅是服务器，也包括电脑。屏保过了足足半分钟才切换掉。在这半分钟里，他一直在考虑一个问题，而且越想越担心，如果这个时候计算机死机了，必须重新开机，那他该怎么办。他一边竖起耳朵听着门的方向，一边在考虑，遇到万一，他是不是有足够的速度钻到桌子底下，这样至少可以赢得几秒钟的时间，说不定就会发生奇迹，进来的人会考虑一下，然后转身出去。想到这里，他的腿情不自禁地朝各个方向颤动了几下。万幸，密码没有改动。

他有些难受。足足花了两分钟，才在计算机桌面上找到电子邮件程序 EUDORA，实在有些荒唐。用鼠标点击了几下，正在发出的邮件出现在屏幕上。就在他逐一查验正在等候发出的邮件时，有人敲门了。

在这个关键时刻，他既不能动弹，也不能钻到桌子底下，只能用目光直勾勾地盯着门把手。只见把手被缓缓地压下去。约纳斯用近乎荒诞的精确目光注视着镀铬把手的光泽，那是反光。把手恢复原位。门外传来迅速远去的脚步声。

约纳斯删除发送指令，注销登记，朝门口走去。外面没有一丝动静。他埋着头走出计算机房。没走几米远，有人迎面走来。约纳斯装作低头擤鼻子，没有抬头看是谁。很快，他回到自己的写字台前，闻到自己身上有一股因害怕而冒出的汗味。

约：解决了。

维尔纳环游世界航海家：什么解决了？

约：你的那封邮件不存在了。

维尔纳环游世界航海家：你刚才到沃尔夫的房间去了？

约：正是。

维尔纳环游世界航海家：真的办到了？

约：真的办到了。

维尔纳环游世界航海家：了不起，太不可思议了，谢谢，谢谢。

在室外待在公园的那一个小时里，他反反复复地看缆车事故和小行星撞击地球的报道。他看遇难者分辨率很低的照片，阅读他们的生平，四十五岁，三十三岁，八十岁，十五岁，三十五岁，登山运动员，保险公司职员，女学生，银行职员，牧师，女法官，合唱队长，装潢顾问。

阳光晒得他出汗了。在书报亭，几个同事在和一些中学生一块儿排队，怂恿他们喝啤酒，对老妇女搞恶作剧。不知怎么地，他忽然十分渴望见到玛丽，于是一张一张地看存在手机里的她的照片。

昨天很谢谢你。真希望能经常见面。

也许我们再找个时间。

这是希望，还是许诺？

阿问我都干了些什么。很显然，他都知道了，或预感到了。

你见鬼了。

但愿如此。

没人但愿自己见到鬼。

这次又是你对了。

8

求你了,海伦说,把它们弄掉!

它们不会伤害你的,约纳斯说。

卧室有一只,客厅有一只,卫生间竟然有两只,过道里也有一只,这太过分了,我实在看不下去了!赶快把它们弄掉!现在就弄!

你们想不想看我是怎么消灭蜘蛛的?他问托姆和克里斯。

孩子们的眼睛顿时放光。他们同时点头。

约纳斯撕下一本杂志的封面,拿了一个杯子,站到过道的一把椅子上。他用杯子扣住天花板上的蜘蛛,将杂志封面插在蜘蛛和天花板之间,于是小家伙便掉进了杯子里。看见爸爸拿着杯子走向窗户,两个孩子尖叫地跳到一边。在窗边,约纳斯抽开封面,将杯子头朝下晃了几下。蜘蛛颤悠悠地落进花园里。

它会不会疼?托姆问。

你是说摔疼?不会的。

你为什么要这么做?

因为你们的妈妈不喜欢家里有蜘蛛。

你为什么不把它们踩死?

因为不要杀生,也包括蜘蛛!明白了吗?这个很重要!杀人和杀任何东西都是不允许的！人不能给别人造成痛苦，明白了吗？

孩子的目光看上去有些茫然。他开始继续寻找蜘蛛。

约纳斯把装过蜘蛛的杯子放进洗碗机里，说，我差点儿把这事给忘了，维尔纳的姐姐也有这个想法，但是先不要急着高兴，她想先和你谈谈。

太好了！太棒了！我知道我们的谈话会有什么结果。只要她听了我的想法，就一定会求着我和她合作！

我现在考虑的是，你是不是真的应当和维尔纳的姐姐合伙做生意。

有什么不应当吗？她肯定是一个实在人。

实在是实在，但是他们一家都有些不正常，苏菲脑子少根筋，这是毫无疑问的。他们两人在头三年是父母用拉丁语教育大的。如果是我……

那怎么了？教育只有好处没有坏处。

我和他一块儿去度假的时候，晚上必须用毛巾把门下面的缝塞死，因为如果不这样，他会用灭火器隔着门缝朝我喷！他曾用消防水龙头驱赶逗狗玩的孩子，他还曾经对五个抢妇女提包的小流氓穷追不舍。一年当中，他会有一个月只吃面包和水。他信巫术。他坚信烧头发治疗感冒最有效！他……

约纳斯，我要合作的是他的姐姐，不是他。

大家的印象是，他们姐弟俩，他算是稍微正常一点儿的。

你想想看，相信自己的合作伙伴具有正常的行为能力，这是做生意最起码的。你去过她的精品店，看过她的店吗？

什么意思？

我去过！我看过！而且……

什么时候看的？

我最近从那儿路过了一次。你简直不敢相信她在卖什么。她好像把店做成了化装用具专卖店。简直就是一个巫术店。

海伦没有理会他。她在盘算，一个生态精品店有多大把握。一边盘算，手一边不停地摆弄花瓶和碗盘，一会儿抓抓这个，一会儿把那个扶扶正。约纳斯实在看不下去她穿着那件毫无样式可言、又肥又大的衬衣在房间里来回舞动身姿，于是起身走进厨房。他太了解她了，今天一个新念头，明天一个新主意，热情从来长久不了。在他看来，她一激动起来，十足像一个梦游的人。

孩子们大约需要一个小时才能睡着。约纳斯东拉西扯地给他们讲了一个红兔子的故事，然后又讲了一个比较短的森林小鱼的故事。终于，他听见自己耳朵两旁传来了均匀的呼吸声。

他把要洗的餐具放进洗碗机，安排好猫窝，然后同海伦简短地谈了一下后面几天的安排。海伦明天早晨要去一家疗养酒店，是她父亲送给她的一个短假礼物。

你相信自己一个人能对付得了孩子？

这难道是第一次吗？

对不起。

她从后面拥抱他，将他紧紧按在自己的身上，亲吻他的脸颊，然后走进卫生间。

约纳斯打开窗户，抽出纱窗的插销，将头伸出窗外。空气中有一股刚刚割过草的味道。同时又很沉闷，如同暴风雨来临前一般。

他朝下向黑黑的后院望去，心中有一种惴惴不安的感觉。这种谜一般的感觉占据了他的全身，他总觉得下面有些不大对头，有些蹊跷的事情正在发生。

9

你认为他是侦探吗？安娜边问边挑剔地打量约纳斯裤子的后面。

我估计差不多。

我看未必。也许他是受丈夫的委托来搜集证据的。

直接找我来要证据？

说不定他想给你一个机会。说不定她的丈夫只是想让你们适可而止，他不想制造绯闻和戏剧性事件，不想把事情闹得沸沸扬扬，他要把事捂住。于是就让一个侦探来警告你们一下。

于是那个侦探就说要满足我的三个愿望？

试试看那条，她说，那件黑色带条纹的。

约纳斯换了一条。他看中了一件图尼克花边衬衫①，也一并试了一下。从试衣间出来时，他发现安娜不在了。他在一个装满特价皮带的衣篓里翻了一会儿。小音箱在播放轻快的流行音乐。

过了一会儿，在人群的一个角落中，安娜的紫红头巾映入他的眼帘。他检查了手机，一个未接电话。语音信箱里传出乔伊尖声尖气的声音，问他想不想一块儿看一部动物电影。

安娜缓缓朝他走来。他打量着她，尽可能不引起她的反感。她瘦了，不大化妆。

这条合适。衬衣也合身。有什么瞧的？

我没有瞧，只是随便看看。

他推开弹簧门，穿上原来的衣服。走到门口时，他听到安娜干咳了一下。

你有话要说？他问。

我想问你，你除了玛丽和海伦之外还有没有别的什么可想？你自己有没有意识到，这事牵扯了你多少的时间和精力，你知不知道这事的结局会是怎样的？你要不要听任事情自由发展，只当是个调剂？

什么意思？

不要再为这事苦闷了。这类问题通常都会自行解决。我就是这个意思。你买衣服根本不需要我，你不需要人给你参谋，

---

① 一种仿效古希腊风格的长衫。

直接付款就行了。如果海伦同意你晚上到我这儿来，尽管给我打电话。但是不要太晚！

约纳斯把挑中的衬衣和裤子窝成一团塞给一个营业员。他报出自己的名字，请他把东西全送到收银处。

医生怎么说的？我总是不知道该怎么问。

那个时候我们已经在一起了，她说。

一个皮肤黝黑的女服务员把一个冰激凌杯放在他面前。冰激凌比他想象的要大很多。他虽然没有什么胃口，但还是吃了起来。一个乞丐把脏兮兮的手伸到他面前。他从口袋里捻出几枚硬币，放在他油腻腻的手指上，接着又问乞丐，想不想吃他的冰激凌。乞丐粗鲁地挥挥手表示拒绝。

或许安娜是有道理的？这事是不是太过于困扰他了？不错，他每天都会想玛丽，而且每时每刻都会想，他思虑、掂量，幸福的同时又感到迷惘。但是要靠自身的动力来改变这个状况，他是办不到的，至少目前是办不到的。

一个胖得像日本相扑选手的男人面前放了一块蛋糕，上面的奶油堆得像座小山。约纳斯出神地盯着那人看，他的吃相很难看，使用刀叉很笨拙，而且瞧他那副狼吞虎咽的样！约纳斯已经无法转开目光了，他情不自禁地盯着那人看，看他笨拙地把叉子送入嘴里，丑陋地咀嚼，咧扯着嘴角，还有下巴上的奶油沫。不过那个大块头并不介意。可惜，约纳斯这次出来没有带上相机。

他莫名其妙地、平白无故地对这个胖男人产生了一丝好感。有这么一瞬间，约纳斯分享了那人的存在，而且喜欢上了这个大肆咀嚼、以后肯定要清肠的大块头。渐渐地，这种好感消退了。约纳斯重新回归沉浸于自我的状态。

　　不，他算不上幸福。是的，他不想失去海伦，但同时他也绝不能没有玛丽。那么出路在哪儿呢？

　　对于他苦思冥想的人生问题，他总是期望能在爱情中找到答案，在共存和敌对中找到答案。在共存和敌对中，时而一方强大，时而另一方强大，事物时而美好，时而可怕，一个人会比任何时候都更具有生命力。他并不关心上帝是否真的存在，他关心的是，是不是真有一个女人在爱他，他对她有什么感受。因为在他看来，人生的答案很有可能就隐藏在女人的身上。女人就是他的目标，就是他的归宿，就是他的答案。他知道，能拯救他的肯定不是耶稣，但说不定是一个女人。

　　他把冰激凌放在桌子上不吃了。那个乞丐不知是糊涂了还是喝醉了，一直骂骂咧咧地跟在他的后面，直到有其他事情吸引了他的怒气，于是他开始盯住另外一个行人。约纳斯拎着购物袋，在最后一刻跳上地铁，咣当关上的车门差点夹到他的胳膊。

　　车上只有一个空座。他坐下。他身边坐着一个女人，手上捧着一束花。仅仅几秒钟，旁边传来的气味就令他恶心。但是他仍然坐着没动。

　　也许原因在他身上，他太浅薄了，抓不住事物超越爱情哲学的核心本质。如果是这样，那也就只能是这样了。他的智商不可能让他妄谈意义和提供答案。有些时候，有些瞬间，他会感到自己找到了答案。在玛丽的身体里是一个答案。他听到轻轻的宇宙之音，不是在教堂，而是在一个他深爱的女人的身体里。

10

在过道，维尔纳挡住约纳斯的去路。维尔纳穿着一条摩托车皮裤，黑色针织衫的帽子扣在头上。他停了片刻，似乎有什么心事要说，但是显然改变了主意。他的眼睛在头套的窟窿里闪着白光，身上有一股浓烈的朗姆酒味。

出什么事了？又有什么新报价压得你喘不过气来了？

艾薇你是了解的。眼下是她压得我喘不过气来。

了解谈不上，见过两次面。

这就够了，你肯定已经发现了，她这人有时挺难办的。

奇怪了。她和你在一起挺简单的啊！

维尔纳顿了顿，似乎想要说什么。最后只耸了一下肩膀，把一张海报设计稿放进复印机。

约纳斯按亮显示器上的蓝光。洗车店宣传册的文字部分已经完成，标题也终于有了眉目，但是如何在报纸上做一个人见人爱的广告，他还缺一个创意。严肃的？通俗的？有趣的？

公司管理层给所有员工发了一封邮件：征求世博会招标创

意。约纳斯略微想了想。认为自己没有创意。

他每隔几分钟就看一下手机,看看有没有玛丽的短信。他调出自己的股票行市,上涨了一个点。随后他又玩起了麻将。他后面两张桌子,海克托在和女友为一件不顺心的事情争执。吵得很激烈,有人受不了来劝架。稍微过了一会儿,他听到身后有开酒瓶的声音。海克托的女友发出咯咯的笑声。眼看自己关于洗车店的思路走进了死胡同,约纳斯绝望了,他想加入他们的行列,但是就在这时,电话铃响了。

今天晚上我要去我妈妈那儿。然后能见一面吗?

约纳斯到幼儿园接回托姆和克里斯,把他们安置在电视机前,在他们面前摆上一盘甜点,又放上果汁汽水。为了弥补良心的不安,他对孩子们说,这次是一个例外,因为就在托姆又咬了牙科医生一口之前,医生刚刚表扬过他们的牙齿。带孩子的保姆伊丽娜不接电话。约纳斯只好在电话录音上给她留言。

他给鸡肚子塞上蔬菜,连同几块土豆一起放在铁板上,然后把铁板送进烤箱。他一只眼睛始终瞄着电话,不仅仅是因为伊丽娜。说不定玛丽会提前。也说不定会给他发短信。她这会儿在哪儿?还在上班?还是已经在去她妈妈家的路上?还是在地铁上?

孩子们觉得看电视没有意思,要玩火车。他给他们把火车玩具搭起来。就在他要走出房间的时候,孩子们抓住他的 T 恤不放。

你和我们一块儿玩，我们自己玩不起来！

托姆，哪有孩子自己不能玩的？他们生下来就会自己玩。再说了，你又不是一个人，克里斯会和你一块儿玩。

不要走！

不走不行，我要去弄吃的！

求求你，不要走！和我们听一个CD！

不行！现在不听CD！

不要走！给我们拿饼干！

他被拽得失去了平衡。但是克里斯就躺在身前的地上，他只好往旁边一闪，结果把脚崴了。

够了！你们为什么不能自己玩？！我最多一刻钟就回来！然后我们就一块儿玩，玩一个小时，两个小时！但是现在不行！

他甩手关上门。身后传来两种不同的哭声，一种是愤怒的歇斯底里，一种是深不可测的绝望。他在厨房喝了一口酒。手机上还是没有伊丽娜的消息，倒是玛丽发了一条短信，十点以后可以见面。

他和两个孩子一一拥抱，向他们表示歉意。他自己也不明白，为什么这次对孩子那么没有耐心。他让孩子们在他身上又是吊又是闹，折腾了几分钟，然后重新走进厨房。

我要和你在一起！玛丽写道。

他的内心升腾起一种不可遏制的痛苦的渴望，他把自己关在卧室里，让房间里只有他和她的照片。他倚靠在衣柜上，想象着她此刻站在他面前的样子。他感受到了她的目光。他觉得命运选中了他，同时又抛弃了他。他自问，是不是事情只能这样，这是不是人生存在的一种必然性，一种每个人都不得不经历的体验：爱一个人，却得不到这个人。

六点，他从烤箱里取出烤鸡。但是孩子们要吃面条。他给他们做了面条，看他们吃饭。而他自己既不饿，也没有胃口。此刻他对什么都无所谓，只关心保姆的电话。烤鸡是要带给乔伊的，他肯定会不敢相信地使劲儿擦眼睛。

七点了。还没有伊丽娜的电话。她跑哪儿鬼混去了？一个女学生怎么能随便瞎跑，至少要让人能打电话找到！七点半。约纳斯想约另一个保姆，一个十分守旧的女学生，但是她没有时间。

他把托姆和克里斯抱进浴缸。情绪越发激动起来，心里不停地思量，还可以请谁来看孩子。安娜自己也有麻烦，而且她睡觉早。岳父母肯定要问个究竟。维尔纳害怕小孩子。夏德在上班。邻居是一个只会把事情弄得一团糟的家伙。

他在伊丽娜的语音信箱上留言，如果她能在九点过来，他愿意付双倍的工钱。之后，他把手机调成振动，把孩子抱上床，给他们朗读故事。托姆听着听着睡着了。克里斯还要再听一个故事。这个故事很好玩，他一笑把托姆给闹醒了。第三个故事讲到一半的时候，他听到左右两边的呼吸变得均匀了。

灯光刺眼，约纳斯不得不眯缝着眼睛。他蹑手蹑脚地走进过道。发现没有收到伊丽娜的短信，却在浴缸里看到了一泡猫屎。他大声呵斥起来,把猫赶得到处乱窜。随后清除掉亚斯托的大便,用淋喷头冲洗浴缸,还加了一些专门用来干这事的消毒剂。

约纳斯关上客厅灯,跷起腿,看着黑暗,等待着。短信铃声。是海伦的。她很好,明天会打电话来。他正要回复,玛丽来电话了。

我忽然想跳舞。

我有一套立体声音响,还有几张好碟。

什么?

而且我这里没有保姆。过来吧!

到你那儿?到你家?

也许你可以把这个看作是对你适应能力的一次演练?

他听到背景有咖啡机的轰鸣声、男人的笑声、摇滚音乐,还有一只狗的吠叫声。

你睡了?

不好意思,我在思考。

有什么可思考的?

他听见有女人在要啤酒,有男人在问到火车站怎么走,有电话铃在响。

喂,约纳斯……

什么?

亲爱的,我做不到。这样不行。你的孩子肯定会醒。他们会问,爸爸身上那个不认识的阿姨是谁?她躺在那里干什么?

谁又能保证,海伦真的在那个酒店?说不定她会突然出现在门口。说不定她就在你跟我讲过的那个邻居家……

约纳斯怪声怪气地笑了。

她可能就在附近什么地方等着呢!我应付不了这种场面。抱歉,非常抱歉。其实我是非常盼着你来的。

约纳斯眼睛盯着电视机在黑暗中闪亮的待命显示灯。他清了一下嗓子,但是没有说话,用手搓了几下脸颊,又捻了几下眉毛。

再说现在又冒出了那个东游西荡满脑子奇思怪想的人,这可是你对他的描述,对吧?说不定他就站在你的门前,带着他的奇思怪想,还拎着一台照相机。不,这个险我不能冒,非常抱歉,这事我应付不了。

这怎么可能呢?

约纳斯,可能是我瞎想,但是也有可能是真的!不管怎样,我不希望这事被捅出去!后面随之而来的戏剧性后果,我可不希望出现!

说完了?

别磨我了,约纳斯!我没这个能耐。我很想和你在一起!但是现在不行。

但是如果我告诉你,我们家门口有没有人候在那里,事情是不是会被捅出去,我根本就无所谓呢?如果我甘愿冒这个险呢?如果我愿意听凭命运安排,或者愿意碰这个运气呢?你会怎么说?

我会告诉你,我不希望这样。

为什么不希望?

因为我喜欢自己做决定。

很好。那么现在是什么决定?

我们再找一个机会。尽快。机会会有的。

晚安。

晚安。

你为什么不挂电话?

你先挂。

不,你先挂。

数到三,一起挂?

好的。

一——二——三。

你要赖了。

你也要赖了。

11

车流很密,一辆挨着一辆,他几乎无法并入车道上。刚到第一个红绿灯,就被一个新开工的地铁工地堵住了好几分钟。收音机里,主持人一边说笑一边播报交通:道路交通负担太重。

我不要菲尔参加我的生日聚会,托姆哼哼唧唧地说。

约纳斯心想这孩子在说什么,就在这时,后面响起一连串的汽车喇叭声。他按捺不住地骂了几句。几句粗话一骂,他的情绪顿时变得恶劣了。一个绿灯周期过去了,他前进了一米都不到,一气之下,他猛砸方向盘,怒吼了几句。克里斯哭了起来。

你把我吓死了!

约纳斯紧握方向盘,上下嘴唇紧紧抵在一起。他提醒自己注意,当着孩子的面,这样失控和爆发是很不好的,必须控制住自己。不管自己现在想不想控制,都必须控制。

他松开安全带,朝后仰过身去,先是安慰克里斯,然后又摸摸托姆的头,因为他也开始哭了。他向两个孩子解释说,他不是因为他们才生气的,他是生交通的气,他向他们道歉。

再也不许你这样了!托姆大声说道。

我保证再也不这样了!如果我再这样,你们可以挠我的痒痒!一直挠到我脸变绿!

明天也不许!克里斯大声说。

永远都不许!托姆喊叫道。

他发下誓言。汽车终于可以挪窝了。他一边开,一边答应给他们一万个气球,还有全世界的棉花糖。他终于到幼儿园了,不过比平常晚了一个小时。保育员们摆出一脸的不高兴,但是没说什么。

昨天很抱歉。我考虑了很长时间,是不是有什么地方做错了。我觉得我应当到你那儿去。我有的时候不够随机应变。

有没有可能我们这个星期再见一次?

我想想。好好想想。

离开进城的主干道，交通明显顺畅了许多。他踩下油门，违章超越了一辆有轨电车。紧接着猛踩刹车，因为没看见人行横道线。一个老头举起拐杖向他示威。约纳斯挥了挥手，扭过脸去。

在下一个路口，一个满头脏辫的年轻人迈着摇摆舞的步子，有意慢悠悠地横穿马路。约纳斯实在受不了了，按了一声喇叭。年轻人转过身，站在马路中间不走了，冲着他鬼笑。接着又迈着小碎步，倒退着继续走他的路。约纳斯眼看着就要脏话出口，但是最终还是控制住了自己的嘴巴，摇着头注视着年轻人迈着悠闲的步子，耳朵上还戴着一副苹果耳机。

突然，一辆卡车不知从什么地方冒了出来。一下子冲到了年轻人的身上，年轻人顿时飞向空中。

约纳斯给汽车熄了火，此情此景令他双手哆嗦，突然浑身冰凉。该怎么办？竖立三角警告标志？打电话给急救站？过去看看？抢救？我这个笨蛋，怎么到了紧急关头什么都想不起来了呢？

后面车上的人都下车了。伤者躺在三十米开外的地上。一个男的跪在伤者身边，两个女的站在旁边。对面的交通也堵起来了。约纳斯没有看见卡车司机从车上下来。有女人发出歇斯底里的尖叫。一个孩子受到惊吓，手上的冰激凌掉到了地上，哇哇大哭起来。好在托姆和克里斯没有目睹到事故发生的经过。

约纳斯拨通急救电话。电话立即接通，但是约纳斯判断不出来说话的是男人还是女人。他描述了一下事故，从电话中得知，他是第一个打电话的。

他深深吸了口气，让自己平静下来，但双腿还是有些发软，双手的哆嗦仍然没有停下来。活了这么大，这是第一次亲眼目睹了一场严重的事故。

有不少路人在忙着关心伤者，因此他站在一边，和一些素不相识的人交谈。他把事故经过描述了很多次，但是周围的人几乎没有在认真听的，大多数人都在自顾自地说自己看见的一切。

那辆卡车不知从哪儿冒出来的，一个胖老太说，砰地一声，就撞上了。

这人活该被撞，一个年轻女子说，哪有这样过马路的，不看左不看右！

一下子就被撞飞了，一个男的说，天啊，从来没有见过！

比电影还厉害，一个男孩儿附和道。

救护车拉着警笛到了。车上跳下来的人清一色穿红色制服，后面的就看不清楚了，因为警察用红白塑料带将事故现场围了起来，并且开始疏导交通。警察挨个儿问开车人，有谁看到了事故经过。

抱歉，约纳斯说，我什么都没有看见。

您是第一辆车，应当能看见！

我当时在听交通台，在看下面。

那辆卡车到哪儿去了？

约纳斯环顾四周。他最后看见卡车停的地方，现在停的是一辆警车。

看来跑掉了，他惊魂未定地说。

这里发生交通事故，肇事者逃逸，警察冲着对讲机说。

在公司，约纳斯很想找个人说说这场事故，但是没有人关心这类小事。于是他用了一个上午的时间，在新闻网页寻找事故经过报道，连洗车店的广告都被他放在了一边。终于，他找到了一条消息：市区内发生交通事故，一人重伤，肇事者逃逸。受伤的年轻人才二十三岁，伤势严重，估计能脱离生命危险。卡车司机没有下落。

对，打电话的，打电话的就是他！

海克托拿着一瓶伏特加坐过来，塞给约纳斯一个塑料杯。海克托的女朋友问他，他这会儿手头上在干什么。在浪费时间，约纳斯说。海克托的女友点点头。海克托和女友隔着约纳斯又吵开了，这次吵的是一块表，一个说丢了，一个说藏起来了。约纳斯在电脑上随意地敲道：查帕塔洗车店，效果强悍，价格公平！没有洗不干净的车前灯！过了一分钟，他连第二遍都没看，就把文件包发给了塞弗林。

海克托和女友，还有他们的吵闹声，消失在电梯里。约纳斯转过转椅，细听敲击键盘的啪啪声，旁人的交谈声，还有空调的嗡嗡声。看见新买的裤子上有一块斑点时，他想到了安娜。

他开始在网页上搜寻关于肝癌的内容、专家的名字，他在寻找一线希望，寻找自己能做点什么而又不让她知道的事情。

他找到一篇博客文章是讲治疗的，但是临床试验还要过几年。

安娜等不了那么长时间。

12

夕阳落下，古铜色的阳光洒落在城西满山的树林上。约纳斯按下按钮，所有四扇玻璃的窗户都悄无声息地滑下。灌木丛盛开的气息随着温暖的微风飘进房间。

他拨通海伦的电话。海伦给他讲述了一天是如何度过的，有玫瑰浴和脸部按摩。当然，她还问了孩子们的情况。

孩子们很好，有伊丽娜在照看。

你有没有告诉她不准在家里抽烟？

这不用说她也知道。我还告诉她不准在家里喝酒和做爱。但是如果她真的想这么干，她肯定会干的，才不管我们反感不反感呢。

你明说不准她在我们家做爱？

那当然，她正是爱好这个的年纪。关于抽烟，我不想因为几根烟和带孩子的保姆吵翻，我们现在还要依靠她。

说的也是，海伦说。但是如果她知道孩子的父母现在少了她不行，她指不定会怎么样呢！

我在开车。过会儿再给你电话，行吗？

晚安。

趁着等红绿灯，他拿起了手机：

明天行吗？

现在说话不方便——过会儿打给你。

他以悠闲得令人犯困的速度行驶在几乎没有什么车辆的街道上，收音机里播放的流行音乐轻轻地在车内回响，慢慢地，他便行驶到了城边。他把车停放在一个偏僻的停车场。曾经有一次，他和玛丽因为城内的合奏酒店没房间，于是绝望的欲望把他们引到了这里。他一幕一幕地回忆着当时的画面，两个人躺在这里，时刻提心吊胆，担心被人撞见，多么美好，多么刺激，多么疯狂。

他走下车。脚下的碎石块扬起了尘土。他在前面的栏杆处停住脚步，两臂交叉抱在胸前，俯瞰山下的城市。天色慢慢黑了下来。山脚下开始有灯光亮起，随后逐渐变多了起来。

他环视了一遍四周，左右只有他一个人。偶尔会有汽车驶过。空气中有一股青草的气味，闻上去像要下雨了。柳树上挂着一簇一簇的槲寄生，看上去如同鸟窝一般。温度明显下降了许多。

谁？他喊了一声。

不远处有人在按喇叭，接着一切又归于宁静。

谁？有人在吗？

只有风，拂动着柳树的枝条，吹得树叶飒飒作响。他把手放在汽车顶棚上，顶棚热乎乎的，星星点点布满了鸟屎。

谁？

他再次走到栏杆前。在这里，恋人们喜欢远眺城市。也还是在这里，有些人因为生活不顺，纵身一跃终结了自己的失望。他爬上栏杆，背朝悬崖，坐在生锈的横杆上。他的周围是灌木，槲寄生，荨麻，一个已经漫出来的垃圾桶，一些用过的手帕，一本被风雨侵蚀得破烂不堪、上面不知洇着什么液体痕迹的杂志，一块登山指路牌，刻有花体字的木箭头，水泥地上的蚂蚁。再有就是打着小旋儿从停车场上飘过的飞尘。

约纳斯来回走着，朝四面八方张望。

突然，他发现就在他刚才坐了一会儿的地方，坐着一个人。那人站起身，往前走，走的路线和他刚才走的完全一样，而且也朝四面八方张望了一会儿。那人看上去和约纳斯一模一样。

约纳斯朝汽车跑去，那人跟在他的后面。他跑步的路线和约纳斯五秒钟前跑的路线完全一样。他的动作，看东西的样子，也如同约纳斯一般。约纳斯抬起手臂，招手。五秒钟后，那人也抬起手臂，招手。

约纳斯停在原地不动。只见那人径直朝他走来，钻进他的身体。

13

阿伯克今晚不在，玛丽说，你来吗？

约纳斯眼睛盯着沃尔夫走出电梯，将听筒换到另一个耳朵上，轻声说：

你丈夫不在家你就要我去，是这个意思吗？

今天和昨天的情况不一样，今天的情况我能控制。他去他的堂兄弟家，我知道他什么时候回来。当然，风险不能说一点儿没有。真正躲不过去了，我就说是工作中认识你的。当然，平心而论，我是不希望他和你见面的。

如果他在床上把我们逮个正着，那么我们在什么地方认识的，他可能就不感兴趣了。

不这样，我们就会有一个星期见不到面。来吧，说你来。

是不是可以这么说，前天你不相信我能控制情况。沃尔夫过来了，我们长话短说，你希望我相信你，你能掌控一切。我这么说对吗？

非常对！完全正确！无可指摘！他七点半走。我们八点见面？

那就这么定吧，约纳斯换成生意人的腔调，对您的来电表示衷心的感谢！

他接上孩子。孩子们今天特别地听话。他先给他们换上衣服，然后提议一块儿玩点什么。但是他们今天想和亚斯托玩。于是他独自躺在床上享受安静时光，过了半个小时，孩子们走进房间，小手上拿着一些古怪的东西，开瓶器，空牛奶盒，海伦的自慰跳蛋，还有蜡烛。这些东西经他们的小手一掰乎，已经被弄得几乎没法用了。

我可以到你身边吗？托姆问。

还有我！克里斯大声说道。

他移到一边，让他们上床，给他们盖上被子，一手抚摸左边的小脑袋,一手抚摸右边的小脑袋。过了一会儿,托姆坐起身,用探寻和紧张的眼神盯着约纳斯。

爸爸,你是真的吗?

是的,托姆,我是真的。

他继续抚摸他们。最先感到不耐烦的是克里斯。他从床上跳起来,拽着托姆的手,把他拉到床下。

等会儿,别走!约纳斯喊道。克里斯,站到门边去!

什么?站到哪里?

那个地方!就是我一直给你量个子的地方!

过了一会儿,克里斯老老实实地站在门边一动不动。约纳斯用记号笔在他的头上画了一条线。量完后,克里斯走到一边。

瞧,我的眼神不错吧!约纳斯大声说道。看,这是原来的标记,这是新标记。多出四厘米啦!你长高啦,年轻人!而且长了一大截!

这是好事还是坏事?

当然是好事!长个子总归是好事!

那我要长得更高!

托姆从架子上一把扯下踢足球的小人儿。克里斯扑到他的身上。两个人滚作一团的时候,约纳斯给海伦打电话。

你确信?他没有踮脚?

我留意过的。再说了,肉眼都能看出来。长个子都是一阵子一阵子的。这会儿很明显就是一阵子。

看来那个茶叶疗法还是管用的?我都以为……

肯定管用的，是的，肯定。他说。

突然，他的时间宽裕了很多。他打开一瓶红葡萄酒，还做了烤羊排。这个时候他想起来，邻居喜欢吃羊肉，于是他走过去，按响邻居家的门铃。乔伊擦拭着眼睛，一个劲儿地表示感谢。

儿子长高四公分带来的欣快感也感染到了约纳斯对即将到来的夜晚的情绪。他又是高兴，又是担心。他也不知道自己这是怎么了。如果只是想玛丽，他恨不能立刻飞到她的身边。但是只要同时想到海伦，他就会深有感触地摇摇头，因为他自己很清楚，其实没有必要再组成一个幸福的婚姻。他只需后退一步，只需换一个角度，或许就是最好的出路。对各方都是最好的出路。

他和玛丽越知心，越亲密，就越无法想象生活中没有了她会怎样。但是这样下去的后果会怎样？一个单身母亲。两个孩子会问爸爸到哪儿去了。而约纳斯则会躺在一张把另一个男人挤下去的陌生的床上，听一个不是自己骨肉的孩子在叫喊。海伦会哭泣。阿伯克可能也会哭泣。换来的是，每天看到的是另外一个女人的眼睛，听到的是她的声音和笑，和两人热切盼望能够厮守的每一个日日夜夜，抚摸自己手臂的是她的手，每个早晨和她共用一个卫生间，和她一块儿逛街，一块儿坐在咖啡厅，而且能告诉天下所有人：她是我的女人。

趁着羊肉还在炖，他收拾了一下房间，给猫梳毛。他答应过海伦，每天都要给亚斯托梳理，虽然这个肥肥的家伙一眼看上去绝对不是纯种。特别是今天，孩子们先是把果汁泼洒到了它的身上，然后又用吹风机给它吹了一遍。

　　孩子们今天很安静，约纳斯利用这个机会把卧室的书整理了一遍。给花浇水时，他发现有一个暖气片滴水，于是他开始给暖气片排气。螺丝没有弄湿。托姆和克里斯瞪着大眼睛看着他的每一个动作。他不得不一一给他们解释、说明。就在他想把如何烧饭也解释给他们听时，他们跑开了。

　　你——你为——为什么——烧——烧得——那么——好吃？乔伊边吃边问。

　　自我防卫的手段，约纳斯说。

　　七点半，伊丽娜准时按响门铃，而且和往常一样，十秒钟。她化了妆，仿佛是来参加一场鸡尾酒会。她的胸部第一次引起了约纳斯的注意。约纳斯不好意思地赶紧打消掉这个念头。

　　乔伊和伊丽娜握手，但是目光并没有对着她。

　　你——你的靴——靴子——很——很好看。

　　伊丽娜转身躲开，头发朝后一甩，看样子似乎是啐了一口。

　　这是干什么？约纳斯大声说道。

　　乔伊的脑袋瓜转不过弯。伊丽娜又重复了一遍刚才的表情。

　　不要急，约纳斯轻轻地说。

　　我——我过——过去了。

　　孩子们从房间里跑出来，扑向伊丽娜。她倒在地上。孩子们劈头盖脸地向她诉苦。她用嬉闹的口气斥责孩子，左手抓住一个，右手抓住一个，把他们拥在自己的怀里。

克里斯，你长高了？是的，你长高了。

有问题吗？没问题我走了。

可以抽烟吗？

约纳斯把汽车钥匙揣进口袋，穿上白色的运动鞋。他不知道是不是已经回答过了伊丽娜刚才的问题。他说了句，还有一块羊排，她可以随便吃。

托姆挂在他的后背上，克里斯抓住他的裤腿不放。有那么一瞬间，他几乎就要发短信说自己不去了。但是玛丽的样子出现在了他的眼前，她温柔的眼廓。他下不了这个狠心，让一切都见鬼去吧，什么顾虑呀，于心不忍呀，孩子们的声音呀，伤感呀，管它明天会怎样，后天又会怎样。

14

电梯老掉牙了，吱嘎吱嘎艰难地一层一层往上爬。墙上的镜子划满了印子，还有口香糖粘在旁边。约纳斯在镜子里打量自己，脸颊上有一根睫毛。他捻下睫毛，从食指上吹走，心里暗自希望阿伯克不要提前回来。

他看着墙上的各种留言，有的是用圆珠笔写的，有的是用水笔写的，还有些是有棱有角地刻在木头上的。有爱情誓言，也有骂人的脏话，也有电话号码。他用圆珠笔在上面的一个角落写下了今天的日期。电梯停了。约纳斯迅速藏起圆珠笔。电梯门开了。玛丽站在门前,扑进他的怀里。

她牵着他的手,穿过昏暗的楼梯间,走进她的家。她锁上门,再一次握住他的手。他感觉到了她的舌头在撞击他的牙齿,他紧紧拥抱住她,抱得太紧了,她不得不将肩向后撇,脱开他的拥抱,呻吟地喘气。

她匆匆朝一个房间做了个手势,然后走进厨房。约纳斯打开那个房间的门。客厅比较暗,有一股木头和皮革的味道。实木做的书架上堆了数百张唱片,书架前摆着一张摇椅,对面趴着一只泡沫塑料做的狮子,和真的一般大小,可以骑在上面,而且肯定很舒服。狮子戴着一顶真的帽子,穿着一件外套和背带裤,甚至脚上还穿了一双轻便鞋。

装饰壁炉前有几块大石头。约纳斯试着想搬起一块,但是搬不动。墙壁上挂着一面镜子,镜框是青铜的,看上去有年代了。他有些心神不定地在镜子里检查了一遍自己。比刚才在电梯里好多了。

他有些放不开,在房间里轻轻地来回踱步。房间比较矮,光线也不是很好。复合地板在他的脚下发出吱嘎的响声。他呼吸着木头的气味,抚摸房间内的物品。这就是她生活的地方,他心想,这就是她,就是她的生活。

一辆汽车在街上突然鸣起了警报,把他吓得如同针扎了一下。他检查了一遍房门,是锁着的。

他走进厨房,从后面抱住玛丽。她的身上有一股柠檬香,而且比平常还要浓一些,看来她刚刚洗过澡。她温柔地用手托住他的后脑,将舌头在他嘴里迅速游曳了一下,然后用一种在约纳斯看来非常优雅的动作,将茶杯端进客厅。

客厅没有沙发,没有椅子,也没有桌子,只有一块装饰板放在地上,周围摊放着好几块台布。约纳斯放下茶壶,两腿交叉,坐在一块台布上。台布在屁股下面滑歪了。就在这时,门铃急促地响了。

约纳斯被端着的茶水烫了一下,脸部显出痛苦的表情,但是没有出声。

不是他,玛丽低声说。他不会按门铃。你躲到卫生间去!我可能要让这个人进来一下。

卫生间的空气潮湿,有些闷人。他把浴帘拉到一边。在浴缸的底部,洗澡余下来的泡沫发出沙沙的声音。他一边无声无息地往被烫的手指上吹风,一边环顾四周,但是没有一样东西能转移注意力,减缓他的紧张情绪,甚至连一本杂志都没有。

他听见外面有说话的声音。是男人还是女人?他坐在浴缸边上,缓缓地呼吸,同时祈祷,外面衣服口袋里的手机千万不要响。这个时候他突然想起来,他的衣服已经出卖了他。

他盯着蒙了一层水汽的白色瓷砖。过去了五分钟,十分钟。他擦去额头上的汗水。在镜子里看自己往手上吹气。

太没自尊了,他心想,这就是惩罚,尊严扫地。

终于,卫生间的门开了。玛丽朝他招手。一个邻居,女的,她解释说。我必须让她进来,否则会露馅,她每次都到我这儿来拿剩面包。

剩面包？他问道，但是声音只有他自己能听见。为什么？他想追问一句，但是他自己也知道，有没有回答他都不关心。

萨沙哭了两次，但是很快又睡了。要下雨了，房间的光线变暗了。

她拉着他的手走进卧室。

我不喜欢这样，他说，这不完全是你的床。

你尽管放心，这是我的床。

但不完全是。

但这也是我的床，我的床！

九点半了，他强调说。

我知道，所以我现在就要和你上床！

他的肩膀抽动了一下。然后脱掉衬衫。床上有一股陌生的洗涤剂的味道。床头柜上放着一个闹钟，钟盘上印的是哥斯拉①的图案，旁边有一块男式手表，一盒避孕套，一个装大麻的密封罐子。他想方设法不让自己去想那个平常就睡在这里的男人。他脱光了后，将身体转向玛丽。玛丽躺在床上，两腿叉开，双眼紧闭。在床头台灯的照射下，她的皮肤熠熠闪光。

玛丽麻利地褪下避孕套，吻了上去。然后并不给他重新套上，而是轻轻地说了一声，要这玩意儿干什么，便把避孕套扔

---

① 日本动漫作品中的怪兽，创作于20世纪50年代。

到床边。他就喜欢玛丽这种率性的举动,完全的洒脱,还有那种喜悦,那种轻盈。与此同时,他越来越有一种感觉,整个世界将要朝他压来。他沉入她的身体,也消失在自己内心深处的某个地方。

15

整个下午,他带着孩子在游乐园跑来跑去,用仿真乌兹冲锋枪的呲水枪相互打仗,为的就是能让他们晚上早点睡觉,他好和海伦单独在一起。效果果真不错,第一个故事还没有讲完,耳边就已经传出了沉沉的呼吸声。他将窗户斜开,关上灯,轻手轻脚走出房间。

海伦在玩古墓丽影①。约纳斯在客厅等她。见她迟迟不出来,他走过去。马上就来,她说,眼睛始终盯着屏幕。

他打开一瓶葡萄酒,坐在电视机前。他编辑好向玛丽表白自己感情的短信,但是没有发送,打算留到第二天早晨再发。他抚摸着亚斯托,看着这个小畜生几天前在他手上挠出的血印。终于,有脚步声了。

很抱歉,海伦搓着脸说,我今天一路下来有点儿累。

总有点儿什么你喜欢的吧?他问,给她斟上一杯酒。

---

① 一种电脑探险游戏。

是的,她打了个哈欠,那是当然。

想不想再去一次?带上我?

那地方你会觉得太偏了。

这几天什么事情让你最享受?

睡大觉。

风景呢?

很美。有很多树,还有一个小湖。

维尔纳的姐姐有回音了吗?

还没有。

你觉得那四公分怎么样?

难以置信,太神奇了。

约纳斯在说孩子时,她头都没有抬,一直在用手摆弄圆珠笔,嘴巴不时发出唔——唔——唔的声音。这种表现很正常,他只是希望,但愿这不是又一场大爆发的先兆。她经常会这样,莫名其妙地埋怨自己的生活,紧接着便会花上两个甚至三个小时向世界宣战。但是这一次,她走进了卫生间。

约纳斯心神不定地清洗干净洗碗机。她真的只是累吗?还是她知道了什么?是不是自己犯了什么错误?不过要是这样的话,她早就会扑过来了。面对这种局面保持镇定,这不是她的风格。也许真的是开长途车累了,也有可能是工作不顺心,也有可能是维尔纳姐姐的事情进展得太慢。

他碰巧在电视里看见一个关于那次缆车事故的背景报道,报道中提到了导致坠落发生的钢丝材料老化、缺乏保养、人为疏忽，一切因素碰巧凑到了一起，还谈到了将来应当汲取什么教训。他把报道从头看到了结尾。他侧耳听了一下，想看看卫生间有没有声音，然后拿出手机点进短信文件夹。

这就是她。虽然没有她的字迹，没有她的名字，但是这就是她，是她写来的，是她的心声：你！只有简简单单的一个字：你！再看另一条：今天早晨我忽然明白，我必须去你那儿，我要去你那儿。但是我不能去你那儿。他最喜欢的一条短信是她违反航空飞行规定，在飞机飞行途中发给他的：我就在你的上方，只有几公里。他回想起来，当时收到这条短信时，心里万分荡漾。还有一条短信：你让我感觉到，外面的世界真好。

他又喝了一杯，又继续想下去。但是却怎么也想不下去。一想个开头就乱了。

他想到了自己脸上的粉刺，于是走到卫生间敲门。门没有锁。他推开门。海伦躺在浴缸里，浴缸里的水已经全部放光了。泡沫在她的腿上闪闪发亮。她好像在看他，但是目光是空的。

你有毛病啊？他大声喊道。

他用手捧住她的下巴，摇晃，没有反抗，没有动弹。他大声朝她喊，他掐她，晃动她，拽她的头发。但是没有一丝生命的迹象。

他冲进客厅，给急救中心打电话。他差一点儿报不出街名，门牌号码也是过了很长时间才想起来。他冲回卫生间，把海伦拽出浴缸，放在光滑的地砖上，给她做胸外心脏按压。按压了十次后，他将嘴对准她的嘴，把全部的空气吐进她的肺里，然后继续心脏按压。这样对吗？每次人工呼吸前应当按压多少次？他嘴里在喊着什么。

时间在流逝，他不知道过去了多久。他看到了自己，仿佛他就站在自己旁边。他俯身跪向海伦，给她按压心脏，他听见自己在叫喊。

醒醒！快醒醒！回来！回来！回到我的身边来！

门铃急促地响了。约纳斯开门，用手指向卫生间。他跟在来人的后面，步履缓慢，一步一停顿，如同登山运动员登上了极端的高度。他听到他们在说话，但是听不懂他们在喊什么。他隐隐约约感觉到一个女的在给海伦注射，一个男的给海伦戴上氧气面罩。他再一次感觉到自己站在自己的身旁，作为证人目睹了一个和他说不清有什么关系的事件。他还有一种感觉，脚下的地板在移动，他如同站在一个流水线上移动，但是自己的脚并没有动。

一个男的和他说话。他低下头，清楚地看见了自己鼻子上暴涨的血管、眼睛周围的黑眼圈、鼻孔里长出来的鼻毛，他还看见了自己的每一根胡茬，清清楚楚，如同经过放大镜放大一般。那个男的说了什么，他一个字也没有听见。

他们开始收拾，两个人在打电话，他们面色灰暗。那个女的递给他一片药。他不知道药是干什么用的。她推他离开过道，离开卫生间，把他推进客厅。

他从沙发上站起来，想去看看托姆和克里斯。一个穿红衣服的男子想劝阻他。约纳斯指了指孩子的房间。那人抓住他的肩膀。

孩子，他终于蹦出两个字。

那人站着不动了，过了一会儿，松开了放在他肩上的手。

孩子们在睡觉。他不忍心看他们，于是又走出房间。那个女人站在他的面前。

有什么人可以支持您吗？

支持？

就是帮助。有人可以过来吗？

过来？到这儿？

您的孩子叫什么？

托姆，克里斯。

不能把托姆和克里斯单独丢在家里。

我不明白。

请您吃了这片药。

海伦她家人。他的嗓子发不出声了。她的父母。

他们肯定也很伤心。我指的是现在能来帮助您的人，帮助您和您的孩子。

他们能来最好。

要他们来吗？

我做不到。我没法儿和他们说。

让我们来说。请您把号码给我们。

约纳斯把手机递过去。他不想听电话里的交谈。他走进小房间。海伦曾想把这个屋子改成办公室,已经堆了一些将来做时装用的资料。不过这些资料她一本都没看。他知道,她更喜欢把劳拉·克劳馥①送上战场。

他一遍又一遍地玩扫雷游戏。光标匀速滑过雷区。他的脑子空空荡荡,只是在按鼠标,咔哒,咔哒,咔哒。每一局他都会碰上一个地雷,然后不得不从头开始。如果他这会儿还有知觉的话,他会发现自己发烧了。他咳嗽,并因此而引发了打嗝。但是他两样都没有发现。

他深深地沉入这种没有任何知觉的状态中,他看见身边站着一个人,他甚至都不知道是谁,在这儿站了多长时间。他盯住这个人的脸看。是海伦。这个人是海伦的状态持续了一秒,两秒,三秒,,然后变成了丽娅,海伦的母亲。

他没有和她说话,而是径直从她的身旁走了出去。弗兰克坐在海伦的摇椅上。他脸色铁青,嘴巴圆张,他在颤抖。就他的肥胖程度和个头而言,他出现在任何房间都会显得超比例。这会儿他搓着自己颤抖的大手,陷在摇椅里,如同一个白发老人。穿白衣服的男男女女在交谈,并在纸上做记录,然后离去。

桌上有一杯已经凉了的茶水。弄不清楚是从哪儿来的,没人要喝它。不知是谁留下吃了一半的汉堡。约纳斯把它扔了。

岳父母茫然地看着眼前的一切,如同置身于人间和冥府之间的地带,对自己所处的地方全然不知。没人提问。约纳斯讲

---

① 古墓丽影游戏中一个虚构的角色。

述他们吃了什么，喝了什么，谈了什么，但是他发现，他们根本没有在听。他自己也不知道，为什么要讲述这一切，是什么时候开始讲述的。

他正要给自己倒一杯白酒，门铃响了，他一惊，酒瓶差点儿掉到地上。他把法医领到卫生间。海伦仍然躺在地上。卫生间的地砖已经让救护人员的鞋子给弄脏了。医生把海伦推侧过身，检查尸斑，在一张表格上做记录。他出去的时候，约纳斯没有听到他打招呼告别。

约纳斯低头看海伦的身体。有人抚闭了她的眼睛。人们经常说，死人看上去和睡着的人一样。海伦看上去不像是在睡觉。她看上去就像是死了。

他终于意识到，这里发生了他一生中从未经历过的可怕事件。

应当拍照吗？本能驱使他走进过道，相机就在他的衣服口袋里。但是他很快便恢复了理智。任何人都有权利，既不在死的过程中，也不在死后被人拍照，哪怕是一张只给遗属看的照片也不行。

丽娅走进孩子的房间。约纳斯滚动电话机上的号码簿。这个时间了，他还能给谁打电话？他想给谁打电话？当然是玛丽，除了她不会是别人。但是她此刻正躺在阿伯克的身边，也有可能和孩子躺在一起。他肯定拨不通她的电话，也许根本就不应该去拨她的电话，特别是现在。

那么除此以外，还能找谁呢？维尔纳？约纳斯试着拨了一次号码。果不出所料，听到的是语音信箱里无聊的留言。安娜睡觉服药剂量一向很大，而且夜里会关上电话。他打电话给尼娜，但是她不接电话。

又来了一批人，是来运尸体的。如果约纳斯没有理解错的话，尸体会首先运去做病理分析，查明死因。这些男人清一色地面无表情，似乎灵魂已经离他们远去。他们把海伦放进一口锡制的棺材，抬棺材的动作很不协调，有人快有人慢。甚至可以听到海伦的头在里面撞击棺材壁的声音。一个抬棺人用不满的眼神瞪了他后面的同伴一眼。丽娅紧闭双眼。有人在呻吟。是约纳斯。

约纳斯扑到沙发上，睡着了。

16

手机刺耳的闹铃声把他从睡梦中唤醒。他机械地穿上衣服，要去公司。

我待在这儿，和孩子们在一起，丽娅在过道和约纳斯迎面走过时说。

噩梦，他心想，真正的噩梦。

你能不能……我必须告诉他们。

如果你不想说，也可以我来说。

我是父亲，还是我来……

我有一个童话，可以给孩子解释亲人死亡的事情。

先讲给我听听。

讲给你听就有点儿傻乎乎的了，这是给孩子解释死亡是怎么一回事的童话。

好像真有什么可解释似的。

其他桌子上没有人注意他，因此也没人留意到他今天痛苦的表情。显示器上的蓝光在闪动，他装模作样，好像在研究一份假日宣传广告。实际上他的视线盯着的是深不可测的虚无，偶尔有一些外部的刺激将他从虚无中唤醒，但是他很快就忘记了刺激他的是什么。

尼娜扫了他一眼。他看了一下表，想知道是不是到了该给玛丽打电话的时间了。他知道这件事无法用言语表达，于是写了一条短信。过了一分钟，他的手机响了。

什——么？是真的吗——？

是的，他用嘶哑的声音说。

他听不出自己的声音了。他感觉到玛丽的反应刺痛了他。如果一个不相关的人都表现得如此震惊，那么这就意味着，这件事情带来的痛苦的确令人无法忍受。

是真的吗——？是真的吗——？

约纳斯说不出话来。他觉得自己被拽进了一个深不可测的黑暗的迷茫之中。他感觉到了一种良心的谴责，内心充满了愧疚和恐惧。

他看见桌子上有一张胡乱涂写的铅笔素描，当时为什么要画，他已经记不清楚了。他的目光久久地盯住素描。走廊里传出嘈杂声，好像发生了什么事情。

可能是心脏病，他终于说出了几个字。

沉寂。沉寂了多长时间，他不知道。塞弗林拄着拐杖一瘸一拐地朝他走来，手指间夹着一支记号笔。他腿部的石膏上已经有几个同事画了一些无聊的东西，约纳斯拿过笔在旁边写了一句格言，但是没有问，他的腿是怎么弄的。

天呐，天呐，玛丽说。

约纳斯的手指顺着铅笔素描的线条游动。上，下，左，右，中间。

办公室外的那一个小时，他没有待在公司后面的小公园，而是在隔两条街的一条长凳上坐下，这里碰不到同事。他肚子饿了，但是他也十分清楚，自己最多只吃一口，就会把东西都扔掉。他的额头里像有人在潜水一样发出咕噜的声响。同时他又听到一种金属的振动声。

非常抱歉。我不知道该说什么，生怕说出不合适的话。我永远在你身边，这你是知道的，对吧？要不要马上见一下？

一个人站在他的身边，他胡思乱想起来，这人该不会是玛丽吧。他在阳光的照射下眯缝着眼，过了好几秒钟才认出是维尔纳。

你怎么啦？我到处找你！

约纳斯闭上眼睛，再睁开。他觉得光线和往常不一样。但很快就恢复了正常。

我和你提过一次，你也许可以帮我一个忙，不过这事要好好谈谈。不在这儿谈，晚上有时间吗？

今晚不行。

他想和他解释，但是再一次说不出话来。他不得不从外衣口袋摸出一张纸，写在上面。他眼睛不看维尔纳，把纸条递给他，却不松手，直到纸条被扯碎。维尔纳在他身边坐下，凳子在他的重压下抖动。约纳斯凭着坚强的意志力控制住自己，不让眼泪落下来。维尔纳两眼浑浊，嘴巴在一张一合。

你该马上回家！

她在家里……一切都是在家里发生的。

或者随便到什么地方去！别待在这儿！要我陪你吗？我去拿衣服，马上就来。

维尔纳跑开了。约纳斯的目光跟随着他那双巨人般的大脚下蹬着的人字拖，看着它们正在踢踏踢踏地向后甩着。

他把车停在地下停车场。然后走在人行道上，每步跨两个地砖。为了不让手空着，他买了一个冰激凌。味道是合成的。他想把冰激凌让给两个孩子。孩子们用狐疑的目光看了他一眼，随后又相互交换了警告的眼神。于是，他只好用手指尖捏着把冰激凌扔进一个臭烘烘的垃圾桶里。

他又来到了那个公园，走到那口井旁。那个陌生人就是在这里和他搭的腔。凳子上没有人。他坐下去。有一种要中暑的感觉，于是从流动商贩手上买了一块头巾，围在了头上。

他看着照相机里存储的照片。想找一张海伦的，结果却发现了一张乔伊的照片，他不记得给他拍过照，这个邻居肯定是用他的相机自拍的。

一个又一个瞬间。有这样和那样的瞬间，有美好的和痛苦的瞬间，也有无所谓的瞬间。有性生活的高潮，也有折磨。希望最后一个瞬间会结束，希望海伦的最后一个瞬间已经结束，或者，最后一个瞬间在她的感知中根本没有发生过。希望如此，但愿如此。

他把照相机调到摄影功能，对准左面，按下，对准右面，按下，再将焦距拉近草地，按下。

三张当中第一张最好。许多人，如同被凝固在他们的动作中。那一秒钟，刚刚过去，没有任何人注意，没有任何意义，几十亿、几百亿秒钟中的一个。

17

自动门吱吱地移向一边。在往汽车那边走的路上，安娜停住脚步。约纳斯把加油的收据放进钱包。

准确地讲，是什么时候发生的？她问。

三十八小时十二分钟前，我发现的。

你很坚强。

这在我身上很少见。

玛丽什么反应?

她应当什么反应?你什么意思?她一点儿都没有感到高兴。对不起,我不是有意粗鲁的。

没关系。你还和她见面吗?

至少今天不会。

一辆卡车隆隆地开过来。他们给卡车让了道。司机做了个手势表示感谢。安娜和约纳斯都没有做出回应。约纳斯在车玻璃后面看见一张名牌,上面是司机的姓名,不过他根本就没有记住。

很多事情会因此发生变化,你不觉得吗?安娜问。

所有事情都会变化。你指的什么?

玛丽和你。

约纳斯一只手在裤子口袋里摆弄汽车钥匙。他不由自主地想到,海伦也触摸过他,而且是成千上万次。安娜站在他的面前,靠得非常近,眼睛因为阳光刺眼而眯缝着。他忽然有些激动地发现,安娜其实非常漂亮,而且身材纤细,他还发现自己对她是多么地熟悉。他还发现,虽然他不能这么做,但是他体内的某一个部分一直都想触碰她。

我知道你什么意思,但是我想不了那么远。三十八个小时。我现在有一种感觉,仿佛我刚刚经历了一场梦,但是一切又都是真实的,而且是实实在在的,不可逆转的。

你经常同托姆和克里斯沟通吗？

他们两个问妈妈什么时候回来。回答这个问题是很痛苦的。这些药片……我现在就靠它们。以前我是从来不吃这些药的。

还记得我看完医生的那个晚上吗？你带来了比萨，一直待到深夜三点。海伦吃醋了，因为她不知道究竟是怎么一回事。还记得吗？

那个晚上算不上是一个美好的晚上。

在某种程度上还是美好的。你实实在在地存在着，你那天的存在比我们在一起的任何时刻都实在。

约纳斯的目光开始漂移。他看见了擦车窗的男人。龇牙咧嘴的狗。空气中有汽油和机油的味道。雨云在城市上空铺天盖地地压过来。

我们能做点儿什么？他问。

我只是想说，如果你有需要，可以随时到我这儿来。夜里也可以。

你这么说会造成误解的。

不，你理解得完全正确，安娜说。

他移开视线。

如果有一天我登上了珠穆朗玛峰，你知道我会说什么吗？我要把所有的山献给这座山。

约纳斯，我不明白这句话的意思。

我也不明白。但是我坚信，这句话是对的。

那它肯定是有深意的。

我们为什么不上车？约纳斯问。

因为我不确定过一会儿是不是还要上厕所。

那好吧，我们等一会儿。

一辆车停了下来。两个头上套着尼龙袜的男人跳下车，冲进加油站。几秒钟后，约纳斯听到了枪声。

这不会是真的吧，安娜说。

约纳斯向那两个男人闯进的商店跑去。他隔着玻璃看见头套尼龙袜的男人正用手枪威胁收银员。这个收银员刚向约纳斯收过款。抢劫者大喊大叫。其中一个朝房顶开了一枪。约纳斯朝安娜转过身，安娜已经躲在加油机后面。他向她招招手，然后盯着抢劫者。他的心脏在疯狂地跳动，有一种心醉神迷的感觉。

快点！还磨蹭什么！约纳斯听见其中一个在大声嚷嚷。

一枪，又开了一枪。另一个抢劫者也开枪了，不过不是朝天花板。约纳斯看见收银员的身体在向前倾，如同电影中的慢动作一样。他倒下去的速度很慢，约纳斯能清楚地看见他脸上被子弹打穿的洞，和最后一瞬间的惊恐表情。另一个抢劫者跳上柜台，一把抢过收银箱里的钱，还有即开型彩票，将它们全部划拉进一个购物袋，然后转身往回跑。仅仅几秒钟的时间，抢劫者跳上汽车，疾驰而去。约纳斯利用最后一瞬间看了眼车牌，将号码记在手上。

18

约纳斯听着丽娅在很实际地谈论必要的手续。墓地要定下来,讣告和邀请要发出去。丽娅坚持要自己操办一切,希望他能把地址都提供给她。他时而在倾听,时而在思忖,时而又漂浮在画面之外,他看到了海伦,加油工,警察,还看到自己在警局提供证词,但是最终他还是确认,自己是同丽娅和弗兰克在一起。他努力集中思想,争取把自己固定在此时和此地。

他们一起讨论葬礼的程序。约纳斯坚持不在教堂举行告别仪式,作为交换,他满足了弗兰克的愿望,让神甫在墓地致辞。此外还要组织一个少女合唱。神甫也好,少女合唱也好,他心想,我都无所谓,但是就是不能进教堂,其他什么都无所谓。

选哪块墓地?他们定不下来。他隐隐地感觉到,眼前发生的一切是那么不可思议和难以捉摸,但是很快理智占了上风,他开始想应当想的东西,谈论必须谈论的内容。他最希望的是给海伦单独挑选一块墓地,当然,这要花很多钱。但最后他还是向丽娅做出让步,同意把海伦葬在她家的家庭墓地。

你将来也可以和我们葬在一起,丽娅说。

19

早晨刚离开家门,他便给维尔纳打电话,请他转告人事部经理,他今天来不了了。

昨天我联系了你三次,你都不接电话,维尔纳说。怎么样,还好吗?

先去了警察局,做证。我一直在问自己,第一次看见一个人,而且这个人还戴着一个尼龙袜头套,我怎么可能把他认出来呢?然后带两个孩子去了山里,动物园,鳄鱼,篝火。我联系了那个女心理学家,她说这对我们三人都很重要。如果他们俩……

我能做点儿什么吗?

不需要。我今天还要出去散散心,不过是一个人。还没有定下来去哪儿。有什么好建议?

今天出去散散心也是女心理学家的建议?

是我自己给自己的建议。

估计差不多……知道死因了吗?

心脏衰竭。突然就不跳了。

有一小会儿,两人都没有说话。

希望我参加葬礼吗?

约纳斯不禁想到了维尔纳在三姊妹公司创始人的葬礼上,站在第二排高声喊出桑托稣比拓①的场景。

不必了,他说。过了片刻,他意识到刚才回答的语气有些生硬,然而他什么也没解释,而是径自告别后挂了电话。

---

① 意大利语,意思是"封他为圣人吧"。

方向盘热乎乎的，透过衣服，他感觉到座椅也是热乎乎的。往哪儿开？我现在可以想到哪儿就到哪儿。

去海边？太远了。他喜欢海，而且很长时间没有去海边了。如果不考虑限速和雷达测速，夜里可以赶回来。但是如果只是为了一顿饭，而在汽车里颠簸一整天，这样就不值得了。这种心血来潮的举动，仅仅过了几个小时就觉得没有什么意思，这是海伦的特点。刚开始的时候，他觉得这种灵感和奇思妙想非常了不起，但是慢慢地，能提起他兴致的就很少了。

他来到一座湖边。放眼望去，天空没有一丝云彩，只有鸟和飞机偶尔划过。风很柔和，四下里没有一个人影。

他把车停在一棵高大的菩提树下，在水边找了一个破旧的木凳坐下，凳子上满是刻字和刻画。这几天的场景不断出现在他的眼前。特别是那个收银员脸上的洞，他怎么也摆脱不了。那个恐怖的场面，远远要比他看过的所有电影都可怕。那里裂开的不是一个洞，而是一扇通往恐惧的大门。这种恐惧就在人的面前，可以仔细观察它，它会令人反胃，还会令人胆寒。更有甚者，人们可以看见这种恐惧，而且心里明白，它是实实在在存在的，不是书本和报纸上的故事。同这个洞相比，目睹海伦躺在浴缸里反倒稍微能接受一点。

他强迫自己想点别的什么。玛丽的身影没有浮现。但愿她一切正常，但愿她不会因为歇斯底里发作或对阿伯克的彻底绝望而和他摊牌，一刀两断。

太荒唐了！他根本没有必要害怕！阿伯克再也不可能打电

话给海伦，也不可能把一切都讲给她听了。他情人的表白再也不可能毁掉他的婚姻，因为这个婚姻已经不存在了。不过有一个危险是存在的，玛丽醋意大发的丈夫有可能跑过来，制造一场闹剧。不过约纳斯觉得这种可能性微乎其微。那个又瘦又小的俄罗斯人，他怎么可能呢！决定穿哪双袜子都要花上半个小时的时间！要说有损失，只能是玛丽。

损失什么？损失谁？损失一个男人，一个把妈妈烧好的饭菜放在冰柜里冷冻的男人；一个害怕蜘蛛、认为体育是残酷的运动、视情趣内衣为罪孽的男人；一个不愿意和她口交，因为这样没有男子汉气概的男人。但是她和这个男人有一个孩子，不论他们为什么会有这个孩子，不论这个孩子相貌如何，性格如何，总之这个孩子过去和他像，现在依然和他像。

阿伯克把房子买了吗？

贷款没有批下来！方方面面，各个细节都已经准备好了，突然银行不愿意了。

那么你怎么样呢？

我好极了。好得我都可以再怀孕一次。和阿伯克，我是说和阿伯克。我现在情况比较艰难，还没有理出头绪，我不知道我要什么，但是我知道：我不要这个。

约纳斯坐到一捆柴火上，用手抛撒碎石子。他捡起最平滑的石块，朝湖面上扔去。

我为什么现在跟你讲这些？她问。你一切都好吗？我们什么时候见面？

约纳斯没有说话。他把堆在柴火堆旁边的石子一股脑儿全扔向湖面。在岸边，他踩到了一个黏糊糊的破足球，旁边躺着一只死鸟。

喂？

他清了一下嗓子。不行，玛丽，今天不行。

为什么不行？

不行就是不行。

你是不是有内疚感？

我也不知道，有这么点感觉吧。我觉得……我觉得……嗨，解释不清楚。海伦……

我理解你，玛丽说。

我很想见到你，这你是知道的。

我知道，我也很想见到你。

尽快吧。等到……之后吧。

你没有必要解释，我很理解你。

在朝停车处走的路上，他从草地上拔起一根高高的草杆，踢起脚下的石子，踏平鼹鼠的土丘。他从钱包里取出玛丽送给他的银质三叶草吉祥物，在手里摆弄着。

是她送的。是她亲自挑选的。她这会儿就在几公里远的地方，和孩子在游乐场玩耍，或者在超市引得男人和女人纷纷回头。他看见她就在自己的面前，看见了她的身体，她紧绷胯部的裙子。他知道，用手抚摸这个胯部会有什么样的感觉；他知道，在一个雨天，站在旅店的房间里，透过半开的窗帘，看外面的路人撑着雨伞，在风雨中挣扎，是一种什么样的心情；他知道，和她坐在昏暗的电影院，喝偷偷带进去的香槟酒是什么样的滋味；他非常清楚，当遇到好事时，遇到烦恼时，心生同情时，高潮来临时，她会有什么样的表情。他熟悉她说话的声音，吃饭的样子，她的笑声，她做爱的样子。但是他不知道，和她一块儿入睡，躺在她的身边醒来，是一种什么感觉。

20

葬礼的日子。陶瓷闹钟在床头发出尖利的铃声，他的内心突然爆发出一种无助的愤怒。闹钟，台灯，书，耳塞，咖啡杯，凡是他能够到的，统统在房间里飞舞起来，撞到墙上，撞到柜子上，有些东西发出破碎的哗啦声。他一直躺在床上，直到胸中的愤懑消除了一些。突然，他又看到了加油工脸上的弹孔洞，于是猛地坐起身。

他收到了玛丽的短信。相伴你身边。接了安娜的电话，祝他好心情。

过道正中间摆放着弗兰克的漆皮鞋，是他昨天晚上随意乱放的。约纳斯透过厨房毛玻璃看到了丽娅的身影。他听见孩子在压低声音说话。卫生间的空气沉重潮湿，有外人的气息，看来有人早上洗过澡，还有除狐臭液的味道。他的视线落在浴缸里，旋即又扭转开。他从镜橱里拿出一片海伦的镇静药片。她只在这个方面不相信自然疗法。药片是精神病科医生开的，很有效果。

丽娅早已穿戴完毕。她穿着一身新的西服套装，在客厅里来回走动，如同一个凶煞的黑色精灵。孩子们抹了满脸的可可，穿的是游玩的衣服。早餐的餐具已经收拾完毕，客厅也已收拾整齐。厨房里，洗碗机在咕噜咕噜地响着。

约纳斯在搅拌咖啡。咖啡太淡了。他看着报纸，报纸弄黑了他的手指。弗兰克坐在角落里，一副耳机扣在毛茸茸的大象般的耳朵上，边听音乐，边用食指比划、指挥。孩子们今天玩拼图游戏出奇地安静，丽娅性子容易激动，但愿她今天没有凶孩子。昨天他们考虑了一个晚上，葬礼要不要带孩子去，最终还是决定不带。

约纳斯心神不定地来回踱步，找不到可以让自己坐下的地方。他清扫干净猫笼，给猫碗装满食物。亚斯托扑抢上来。约纳斯抚摸它的毛，亚斯托的尾巴竖了起来。

保姆终于来了。这次不是伊丽娜，她白天没有时间。来的女学生胖胖的，眼神有些傲气，戴一副六角框的眼镜，她以前照看过托姆和克里斯。每次找保姆，海伦拨的都是她的电话，约纳斯拨的是伊丽娜的电话。女学生今天穿一身黑色，十分庄重，好像也要参加葬礼似的。

街上很热。雷雨云在山巅翻滚。空气中弥漫着一种闷烧橡皮的味道，是几个少年搞的鬼，在这里显摆他们的跑车。树篱中，昆虫在唧唧地鸣叫。

约纳斯刚要上车，听到有人喊他。是乔伊跟在他后面跑了过来。他塞给他一个信封，上面的黑框显然是他自己画上去的。他双手握在身后，眼睛望着天空，丝毫没有要走开的意思，似乎非要约纳斯当场打开信封不可。

里面是一张卡片。周围能看见脏兮兮的手印。上面有一行如同出自孩子之手的文字：我很难过我会是你的朋友孩子的朋友你的乔伊。

约纳斯有些尴尬，正要和他握手，但乔伊一转身，喘着粗气，跑回家去了。

这个人有毛病，是吧？丽娅问。

约纳斯开车。一路无话。收音机在放音乐，然后是天气预报，雷阵雨擦城而过。一段广告音乐。弗兰克像狗吠一样剧烈咳嗽了一阵。咳嗽平息后，他用手指敲了敲约纳斯的肩膀。把一张钞票递到前面。

这是干什么？

油钱。

弗兰克又开始咳嗽了。约纳斯觉得摇头也不是，不摇头也不是，就让弗兰克把钱一直那么举着，不知过了多长时间，钞票缩了回去。

慢慢地，约纳斯感觉到了一种平静，这是一种令人舒服的疲倦，药片开始起作用了。为了确保效果，他还是不声不响地又吃了一颗。他斜眼从侧面看了一眼丽娅。她一只手紧紧抓住门上方的把手，眼睛直勾勾地盯着道路。看来他不是唯一用药的人，看样子，他们三人都在镜橱后面拿了药。

他们怎么到的墓地，怎么找到停车场的，他已经不知道了。他的大脑消失在半意识半虚无的区域中，他同这个区域只是保持偶然的联系，但是和它相处默契，于是他的意志退缩了。

他们加入陌生的队列中。他不时觉察到一些不真实的细节，女人头上硕大的帽子，以及脸上扭曲的表情，男人脸上浮现出一种连他们自己都不理解的痛苦。仿佛全世界的人都在这一天死了。

沙石在他脚下发出沙拉沙拉的声响。四周充斥着陌生人的呢喃声，仿佛正在举行一场痴狂的宗教仪式。他试图让自己去想玛丽，想同她在一起的美好瞬间。但是海伦不断地在他的脑海中占据位置，而且占据得越来越多，一起占据位置的还有在他眼前绽开弹孔的那张脸。

到了墓地，看见棺材黝黑的名贵木料在阳光下闪烁着幽光，他的内心突然有思想在说话：

对不起，我欺骗了你。

他不由自主地环顾了一遍四周。这个声音把他吓了一跳。但是声音在他的脑子里。他感到有必要把这个思想延续下去，于是他继续想下去：

对不起，我爱上了另外一个女人，但是……

那个声音在为他辩白：……但是请原谅，我不知道我应当为什么道歉。

于是他开始和它一块儿想：

事情就是这样。我爱过你。这就是生活。爱一个人，这本身就已经够可以的了，但是可能还远远不够。

每一段爱情都会有终结，他心想。这是很有可能的。接下来会有新的爱情出现。这是一种幸运。

有人把手伸向他。是谁？

是谁先偏离了道路，这说不清楚，他心想。我们相爱，我们相互习惯，我们爱得不一样，我们爱得少一些，可是——这突然就变成了一种感情，变成了久远往事的回音，一种幸福的企盼，我问你：我有错吗？感情是一种错误吗？你多半会说：这种事请不必去深究。

谢谢。

多谢。

不必去深究，我回应道，首先我要问，怎么才能做到不去深究，其次，也是更重要的，这对我有什么好处？难道好处就是知道了我原本爱上了另外一个人，但是我没有去深究，而是留在了你的身边——我为什么留在了你的身边？因为忠诚？难道忠诚就意味着不爱一个人也要和他厮守在一起？难道忠诚就意味着压抑真实情感，既然曾经有过，就应当继续做给外人看？难道忠诚就意味着拍摄下生命的某一个瞬间，然后一生都对这个瞬间的画面顶礼膜拜？

有人把手放在他的肩膀上。他应当做点什么，但是做什么，约纳斯不明白。他面前的这个人嘴唇在翕动,以一种少见的微笑盯着他,约纳斯条件反射地要把他推开。周围人的目光,他不知道周围人为什么会投来这样的目光。有什么错吗?做错了什么吗?

我仍然在说:对不起,我喜欢你。

他控制不住地哭了。

他面前的那个人在他的头上方画了一个十字。约纳斯抹了一把眼泪。他用手帕擦干净鼻子,手帕是丽娅特地为今天的场合塞给他的。

他环顾四周。四十人,不止,五十,可能还要多,有六十吧。棺材的周围,花朵在闪亮,比他想象的要多。车轮般大小的花圈,意义再明显不过了。

神甫的致辞长篇大论。约纳斯没听到多少内容。一架运动飞机隆隆地飞过头顶,人们纷纷抬头,不耐烦地摇晃脑袋,似乎在比赛,看谁对那架飞机更反感。然后又都低下头,将视线重新对准这会儿正在趁机休息的神甫。约纳斯观察在场的人们,心里恨不得把那个女人头上的帽子摘下来,像扔飞碟一样,让它滑过墓地的上空。他心里还在想,他对面那个男的很像他的第一个老板。他还在想,待会儿要去买东西。

有人咳嗽,而且是想停却停不下来地咳。声音很扰人,弄得大家纷纷转身。那人发现后,走开了。

渐渐地,约纳斯意识到,在眼前这个木匣子里躺着的人,他和这个人相伴了很长时间,这个人对他意味着很多,他和这个人分享过许许多多的事物,这个人对他是那样地熟悉。但是这一切现在是那么地遥远。她的遗留不是在这块木头里,而是在他的身体里。虽然这个想法令他有些难以忍受,但他还是在想:那双曾经抚摸过他的手现在躺在这里,而不是家里他身边的床上;那双曾经让他沉迷的眼睛;那一头秀发,每当想到她,就能闻到秀发的飘香;还有那张曾经说过话的嘴,它不仅亲吻过他,而且还馈赠给过他最无间的亲密。一种猛然从记忆中苏醒的情感,当着那么多能知道他在想什么的人(他坚信有这种人),他为自己配不上这种情感而感到痛苦。这里安眠着曾经有生命气息的嘴唇。这句话一直萦绕在他的脑海里。他禁不住要笑。这实在有些恐怖。

棺材沉入墓穴时,人群中传出稀稀拉拉的哭声。丽娅没有哭,弗兰克没有哭,约纳斯也没有哭。约纳斯的身后有人在抽泣,他不情愿地转过身。是一个亚裔模样的男人,虽然天气很热,但他身上还是裹着一件破旧的、过于肥大的咖啡色薄大衣。约纳斯以前从没有见过这个人,但是他立刻就明白了这人是谁,扮演的是什么角色。他没有一丝一毫的不确定。他为自己这么肯定感到吃惊,就如同现在,这个人首次出现在他的生活中给他带来的吃惊一样。

不,不可能,他对自己说,你肯定弄错了,胡思乱想,你太敏感了。不,没有弄错,肯定没有错,他说。肯定错了,瞎猜,他说,凭什么?因为事情就是这样,他说。只能说可能是真的。不,就是真的,他回答道。

丽娅站在他身旁，嘴巴在动。他什么也听不见。他双手抄袖，站在那里，有一种凄惨的赤裸感。

一路走好，他对海伦说。

然后关上了内心的大门。

比计划迟了几秒，清一色黑色服装的儿童合唱团开始唱圣母颂。约纳斯的脑海中浮现出一些连他自己都无法接受的画面。海伦躺在床上，一只陌生的手在抚摸她的乳房。海伦在和一个没有面孔的人做爱。这些画面带给他的感受不是痛苦，而是烦躁，令他烦躁的是一些疑问，例如她和这个男人都说了些什么？她是不是在说自己？说自己的愿望、希望和渴望，在一到十的刻度上，属于哪个等级？她是不是说了她的精品屋？是不是说过她的丈夫？身后的那个日本人很有可能对约纳斯非常了解，而约纳斯对他却一无所知。

这会是真的吗？

这可能吗？

这是可能的。这是真的。

他盯住他，不让他脱离自己的视线。墓穴填满后，那人转身朝出口走去。约纳斯低声对弗兰克说有点事要办，他们之后可以直接去举办葬礼晚餐的餐馆。弗兰克眼睛红红的，看着约纳斯，点点头。

约纳斯朝那人身旁走去。日本人看了他一眼，立即扭转目光，加快脚步。约纳斯和他保持同样的速度。日本人拐进旁边的小路。约纳斯寸步不离地跟着，眼睛死死盯住他。

什么时候开始的？他问。声音听上去有几分讥诮，几分尖利，唯独缺少他想做出来的那种霸气。

男人突然改变方向，想逃跑。约纳斯一把抓住他破大衣的衣角，脸上摆出狞笑。看得出来，日本人害怕了。

我只想和你谈谈，约纳斯说。

不明白，有什么好谈的！

这你马上就知道了！

见日本人不敢大声反抗，约纳斯拽着他的衣角，走进墓地对面一家餐馆的院子。院子里坐着几个穿黑衣服的人，显然已经喝多了。

约纳斯给自己要了一杯矿泉水。看见旁边桌子上那几个醉醺醺的人，约纳斯脑中闪过一个念头，用酒让这个陌生人开口说话。一个女服务员带着一脸的不情愿走过来，约纳斯从来没有见过这么胖的人，只能透过被脂肪挤成一条缝的眯眯眼看着自己。约纳斯给日本人要了一杯自酿葡萄酒。

你叫什么？

金。

还有呢？

就叫金。

约纳斯觉得椅子不平，于是把椅子挪挪正，但是仍然觉得有什么地方不平。他的心跳开始加速。他对自己感到失望。为了让自己镇定下来，他观察了一下四周，听了听鸟叫，关注了一下汽车发动机的声音。一只手在摆弄手机。

金？那么姓什么呢？

就叫金。

就叫金？我们俩会有好戏的。金，说说看，事情是怎么开始的？

不说。

约纳斯看着参加海伦葬礼的宾客涌上大街。他感觉到了不情愿的目光。餐馆门口的菜单错字百出地列出了每日套餐。麻雀在客人已经离去的桌子上蹦蹦跳跳，啄食剩下的面包渣。约纳斯闻到他对面的人身上有除腋臭的爽身液的味道，一种刺鼻又廉价的香味。

你们两人是怎么回事？你是不是一直么不愿说话？

你究竟想要什么？

想要你说话，告诉我一切。

金抬头看着云彩，脸上摆出拒绝的神情。约纳斯观察金的指甲，剪得不认真，而且藏污纳垢。约纳斯喝完一杯水，又要了一杯。金点燃一支烟，递过烟盒，约纳斯摇了摇头。周围的人在低声交谈。

约纳斯一边喝水，一边在心中问自己有没有胆量杀人。他倾听自己的内心。他杀不了人，不行，他永远也不会杀人，永远也不会。

一个上了年纪、戴一顶农夫帽的男人打破了他们的沉默。是我妈妈，他说，八十四了，但是还是很难受。

约纳斯只是点了点头。金给那人递过烟盒。

你们死的是谁？

他的女朋友，约纳斯用手指了指金说。

我的天，那么年轻？男人自言自语道。深表哀悼！

约纳斯和金都没有做出任何反应。男人转身朝他的朋友或者亲戚走去，他们已经开始打牌了。

什么时候开始的？约纳斯问。

抱歉。

这不是回答。

这也很抱歉。

设身处地为我想想，约纳斯说。我要知道和我结婚的是一个什么样的人。我不会把你怎么样，也许我应当把你怎么样，但是我不会这样。我对你没有一丝一毫的怨恨。有一些东西我不明白，不过这和你没有关系，或者说没有多大的关系。如果你我现在离开这里，而你没有告诉我，你们之间究竟是怎么一回事，那么我后面几年就不可能安定，我不愿意这样，事情到这一步本身就已经够痛苦了。

我理解你，但是我又能做什么呢？我能帮你什么呢？你有没有意识到，我也失去了一个对我非常重要的人？

约纳斯感觉被捅了一刀，但是没有表露出来。

这事怎么会发生在你的身上？约纳斯问。是怎么发生的？她为什么要这样？

我也说不清楚。其实我对她都谈不上了解。

如果这是真话，那就够了，至少有一点够了。

约纳斯看着对方已经洗得褪色的大衣,曾经锃亮过、但现在鞋跟已经磨歪的皮鞋。裤子也短得看起来吊吊的。这怎么可能呢,他心想。

我们认识是在半年前,金说。

请再说一遍。

半年前。

然后就一发不可收拾?

是的,一发不可收拾。

怎么进行的?多长时间一次?在什么地方?

你真的想知道?

可以这么说吧。

我也说不清楚,一个星期两三次。基本上都在我那儿,我一个人住。

一个星期两三次?

差不多吧。

三次?真的三次?

金看着院子里的树,点头,然后把烟灰弹进旁边的烟灰缸。

什么时候?

下午,早晨,金说,晚上很少。

下午,早晨,约纳斯重复道。

希望你相信我,我对她了解很少,纯粹是……并不是特别……

你不用说了,我已经明白你的意思了。

开始时我不知道她有家,很长时间她从没有提过,至于手上的戒指嘛,很多女人都有。孩子她也从没提过。我不知道如果她说了我是不是还会和她来往。非常抱歉。

你有什么可抱歉的?约纳斯问,难道说这些该死的事是你一手造成的?说说看,你有什么可抱歉的?说说看?

对方不说话了。

我不会缠着你的,约纳斯说。不过以防我又想起点什么,我需要你的手机号。

金答应了。约纳斯把号码敲进他的手机,试拨了一次。金的口袋里传出手机铃声。

我可以提一个问题吗?是怎么发生的?可以告诉我吗?

不行,约纳斯说。

二

1

有时，他的日子过得非常快，仿佛就是为了某一天突然停下来，让他把一些关键性的东西仔仔细细地经历一遍。经历过之后，他又如同生活在摄影机前一样，快捷，但是不无痛苦。

2

葬礼过后一个星期，他又坐到了写字台前。桌上没有任何变化，只是多了一封沃尔夫写的正式唁函，插在键盘上。他打开电脑。同事一个接一个地过来向他表示哀悼。乔万尼要为海伦敬酒，一个实习生问约纳斯，愿不愿意和他一块儿到厕所抽根烟。在奥菲利亚给他献上一束鲜花后，他请维尔纳转告剩下的同事，他知道他们非常同情他，并对此表示感谢，但是他希望能安安静静地坐一会儿。

我还欠你一个人情没有还,他说。

现在肯定不合适,维尔纳说。

但是我要听你说,你以前说过,我可以为你做点什么。我的确很想为你做点什么。

以后找机会吧。

我必须回到正常状态,是那个电话心理咨询医师说的。满足你和你的愿望就属于我的正常状态。

这她也说啦?

这个倒没说。

我说呢,她根本不认识我。

我想说是的,不认识,但是我不会说。

你的友情我很敬重,但是在这事上我有点吃不准。

中午,约纳斯来到一家日本料理店。虽然他有些烦慢腾腾的远东音乐,还有那个戴白帽子的男人——无所事事地躬着身从餐厅门口走进厨房,看那个样子,好像他以前一直是在监狱里当厨子——但他还是找了一个角落坐下。他不想在食堂吃,在那里要面对同事们的目光,他更不想在家吃,虽然丽娅给他发了短信,希望他能回去吃。丽娅是为了照看孩子留下的。

葡萄酒里漂浮着一只蚊子,他用餐巾沾出蚊子。蚊子还是活的。他为此感到欣喜。

他在嚼,眼睛盯着墙壁,他在不停地嚼。突然,有什么东西在他嘴里爆开了。

他嘴里有血腥味。他把嘴里的东西吐出来。原来是咬到了一块骨头渣或一块软骨。他用舌头舔了一遍牙齿。发现上颚有一个口子。

他又吐了一口。一小块牙齿掉在餐巾上。他看着这块牙齿，哭了。

3

塞弗林烦了他一个下午。他醉得很厉害，讲话的时候，女助手既要扶他，又要扶他的拐杖，不过这位年轻女子做这事倒是义无反顾。约纳斯则用这个时间指望找一个今天下午就能给他看病的牙医。

你必须尽快……忘记，你必须尽快……站起来。佛曾经说过……你知道佛是怎么说的吗？

是的，我知道佛是怎么说的，约纳斯说，接着又对听筒说：五点半？早点儿不行吗？那么好吧，我等吧。

佛曾经说过，走进一个房子，不要给我带来……一具尸体，我会重新唤醒你的孩子。

我说塞弗林，这句话佛肯定没有说过。四点半？太好了！谢谢！

说过，他当然说过，塞弗林坚持不让。他的女助手则在一旁用她蓝蓝的眼珠乐滋滋地注视着约纳斯，好像这里的一切和她没有任何关系。一座房子，里面没有尸体，你的孩子会重新活过来。你必须相信，这样才能……

他说着说着抱住约纳斯，咬他的肩膀。幸好维尔纳这个时候过来了。他很体贴地把这会儿开始哭泣的塞弗林扶到他刚才打扑克的那个角落。女助手隔着他们的肩头朝约纳斯又看了一眼。

因为找牙医，还要请丽娅接孩子，所以到迟了。他老远就看到了安娜耀眼的粉红色头巾。她只给自己要了一杯茶，而周围人点的都是大份的冰激凌。她穿了一件很透气的白色连衣裙，脚上一双运动鞋。尽管戴了一副如同猫头鹰眼睛的太阳镜，约纳斯还是感觉到了她脸上的疲惫。

怎么样，好吗？他问。

有点累。我知道，你想要明确的回答。这够明确吗？

不大够。

那我就再明确一点，我很累。

她的皮肤很薄，脸颊上有阴影。他检查了一遍手机，看看有没有收到短信，然后把视线转向其他方向。

你妈妈是不是过来了？他问。你给人的感觉好像烦躁得很。

我们两个中只有一个烦躁得很。说说那个日本人，那天我在电话里就想问你……

这个话题现在没必要谈。

我太了解你了，就这么把这事给咽下去，这不是你的风格。你要和他见面？把事情问个究竟？

他们的事我全知道了。其实我最想知道的是她是怎么想的。她欺骗了我，每个星期和另一个男人待在一起两到三次，然后就带着孩子到游乐场去玩。

难道你为这事怀有道德义愤？

我只是一直在自问，同一个被窝里那么长时间的人，人们就一定了解吗？

我所有的朋友都有外遇，或多或少。每个和我谈论这种事情的人，每个和我熟到已经可以说真心话的人，他们都承认自己有外遇。我很吃惊，觉得这种事挺耐人寻味的。这些事给我的触动，就如同在电视里看到了一条激动人心的新闻。说完之后，大家又都会各自回家，回到自己忠实的伙伴身边。

就算你说得有道理吧，不过我和你在一起的时候，我可是从来没有其他女人的。

你说的。

我可以发誓。

你有没有我根本不想知道。

的确没有，是真的。

他们旁边，两个骑自行车的人撞在了一起。年纪大一些的在骂人，另一个是骑自行车送快递的，一声不吭地骑走了。约纳斯看着他们的背影，心里有一股莫名的怒气。安娜从杯子里取出茶叶袋放在一边，一边搅拌，一边看着别处。约纳斯的视线固定在她两眼之间的一个点上。他的手机响了。不是玛丽的铃声。他挂掉电话，把视线重新集中在安娜两眼之间的那个点上。

那么你呢？他问。

我怎么？

你那时对我忠诚吗？

你真的想知道？

你吓不死我，他说。

我对你很忠诚，她说。

说真的。

安娜把太阳镜推上去，盯着约纳斯的眼睛。我对你很忠诚，她坚定地说。

我也是这么想的，他说。

那你为什么还要提这个荒唐的问题？

安娜的手机响了。趁着她在包里摸手机，他悄悄地把她从头到脚打量了一番。他感到吃惊，她的身材比以前单薄了，皮肤也比以前单薄了。看她闭着眼睛打电话的样子，他发现，她的声音也变得比以前单薄了，她整个人都在变单薄，似乎正在缓缓地消失。他紧紧抓住桌面，使劲儿按着，按得指甲都发白了。

你这是什么表情？

牙疼。今天中午咬掉了一颗牙齿。不知怎么搞的，饭里有什么东西。所以现在我要走了。

祝你好运。掉一颗牙等于一次小死。

我现在需要的是鼓励。

他吻了一下她的脸颊，把钱放在桌子上，拿上自己的衣服。

约纳斯？

什么事？

就一次。

4

他欠海克托一个人情。因此海克托把一个鞋子广告册交给他时,他没法儿拒绝。海克托请他尽快做出来,因为他已经滞后了,而他手上现在又有了一个新的家具项目。整整两天,外带一个上午,约纳斯没有和玛丽见面,晚上什么也没干,而且还是在一个同事生日聚会前夕。这次活动要持续很多天,办公室里为此已经忙得不可开交,他把精力全耗在了产品的副品名上,终于为全系列的多款鞋子想出了一个副品名,如家用轻便鞋的迷你老鼠、登山鞋的峰之王等。第三天,约纳斯在厕所门口足足等了十五分钟,最后终于等出了乔万尼和海克托的女朋友,他们两个眼神有些惊慌,径直朝洗手池跑去。接着他又在公园里工作了一会儿,周围满是慢跑的人们和玩耍的孩子,直到给最后一款鞋也起好了名字。这时安娜的电话来了。

抢劫加油站的那个人!死了!

你怎么知道的?

当然是看新闻的呀!是乌兹别克斯坦人!你一会儿可以自己看新闻,和警察发生了枪战,已经确认他死了。

他很快就找到了这条新闻,大篇幅的详细报道。不过约纳斯只是扫了一眼标题。他往后靠在椅背上,回想那天的场景。他眼前浮现出加油工完好无缺的脸,接着又浮现出他脸上绽开的洞口。他看见自己在和加油工说话,虽然只说了几句,但是那段场景他记忆犹新,他还回想了那个加油工说话的声音,但是仅仅五分钟后,那人就失去了性命。

5

孩子很快就睡着了。丽娅坐在客厅。显然,她有心事。约纳斯在厨房看报纸。看见丽娅拿着一本小学情况介绍走进来,他赶紧装作打哈欠,伸懒腰,揉揉眼睛,匆匆起身告别。

走进卧室,他一脚把鞋子甩到橱柜上,然后再次走出房间,看看门是不是锁上了。他倒在床上,把脸埋进海伦的一件T恤里。他没有料到,闻到海伦的体香时,心里会感到一阵刺痛。他感到眼泪就要流下来了。

不,不能这样,他喊道,赶快停下来。

他把身体探出窗户。一辆跑车隆隆地驶过。日常生活的嘈杂有助于他思考时头脑清醒一些,帮助他回忆起过去的争吵、冷漠和无所谓。尽管如此,他还是思念海伦。他看了一眼手机,没有短信。

他开始看书,看了一个小时,两个小时。接着光脚走进卫生间。很静。他倒了一杯牛奶,整理换洗衣服,把书摆放整齐,摆弄着电话。难道他不能给玛丽发一个短信吗?他渴望和她联系,哪怕是一次无血无肉的、抽象的联系,哪怕是几个字符在手机屏幕上的闪现,这种渴望在煎熬着他,于是他终于按捺不住写了一条长长的短信,但是最终还是删掉了。如果发出去了,就会给玛丽带来危险，因为她的俄罗斯丈夫可能会有所察觉。晚上联系只能在星期三和星期天，在她游泳的时候。

他没有一丝一毫的倦意。

他关上灯，闭上眼，有亮点像闪电一样在眼皮前面划过，闪闪发光。他想让自己数到一千。但是他的思绪不断偏离数字。他想玛丽，想办公室，想洗车店，想鞋子，想尼娜的大腿，想维尔纳。还想孩子。

夜里两点，他穿上衣服，坐进汽车，打开收音机。他的嘴里有一种木渣渣的感觉。他把手伸进杂物箱找糖果或口香糖。后面的儿童座椅之间有一包土豆条。已经变味了。但他还是把袋子吃空了。

他缓缓地开过这片街区。路上几乎没有人影。看来大家都在度假。酒馆还开着门，有些里面还传出音乐声，但是看不见一个人。

油量表的指针移到了红色区域。收音机在播放一首熟悉的流行音乐。他关上收音机。嘴巴里的咸味刺激他想吃新鲜的土豆条。他开到下一个加油站停下。到了之后才发现窗户后面只亮着黯淡的黄色灯光，显然里面已经没有人了。

他盯着加油站小商店的门口，心想，将来只要到加油站，眼前就必定会浮现出那个脸上有个枪眼的加油工。突然，他听到身后有人喊他的名字。他不认识这个人，但他看上去有些像古宜，以前的一个朋友，很长时间没有联系了。

古宜招了招手，坐在车里喊了些什么，听上去有些像：跟在我后面！或：跟上！

约纳斯双手放在颈后，看着那辆黑色的两厢车，站了足足有一会儿。然后他跳进汽车。当他高速跟在古宜后面时，感受到了一种心里发痒的刺激。他是很喜欢开快车的。

有多长时间没有看见古宜了？七年？十年？如果有那么长，那古宜多半不知道他已经有孩子了，更不要说他妻子去世的事情了。

古宜的开法让约纳斯跟在后面不是很容易。每经过一个加油站，发现还在营业的时候，总是为时已晚。每当把加油站抛在身后，闪跳灯才会闪两下，以示提醒。但是古宜的车速并没有减下来，而是遇到黄灯照样直冲。现在反正顾不了那么多了，约纳斯心想，于是跟在后面遇到红灯也照闯不误。

汽车一路朝城外开去，沿路朝山上驶去。约纳斯猛踩油门，想在弯道超越古宜。古宜则一个劲儿地提速，汽车在弯道时几乎要甩出去。约纳斯看了一眼速度盘，指针指在了一百上。他回过神，打了一下右方向灯，告诉对方够了。古宜果真减缓了速度，也打了一下右方向灯。约纳斯在想上面什么地方有加油站。但是他仍然一直跟着。

终于，古宜的速度放慢了。他们驶进了一片树林，看来古宜的目标不是加油站。沥青路变成了泥土路。不断有树枝撞击挡风玻璃，汽车在坑坑洼洼中颠簸着。

约纳斯的心中升起一种不祥之兆。古宜虽然以前就喜欢开一些只有他自己觉得好笑的玩笑，但是把人引到森林里，让人因为耗尽汽油而不能动弹,这种事他是干不出来的。事情不对头。

事情不对头。

约纳斯猛踩刹车,然后倒车。森林一片漆黑,道路又很窄,在这个地方倒车谈何容易。不断有东西顶到底盘。古宜的车不见了。突然,约纳斯感到额头一阵发麻。这种发麻的感觉非常少有,令他蒙羞。他也说不清楚为什么会这样。

他回想刚才在加油站的那几秒钟。准确地讲,他并没有认出那人就是古宜。为什么?因为那人没有脸。

约纳斯看了一眼油量表。零,彻底的零。还能从树林里开出去吗?如果能出去,后面是下坡,如果走运,还能开到一个加油站。但是如果不走运呢?他有手电筒吗?没有。好像有。真的没有。手机呢?放在床头柜上没有拿。

那人没有脸。约纳斯并没有觉得奇怪,因为当时很黑。但是他想起来,加油站的周围他看得很清楚,因为那儿有一盏路灯,而且就在那辆黑色两厢车的旁边。

撞击声。约纳斯被甩向前,又被抛向后。头重重地撞在靠枕上。车子停住了,发动机熄火了。有机油和橡胶的味道。

他本能地要下车,但是车门被卡住了。他越来越紧张,急着要给发动机点火,但是不知是汽车撞到树上后电路损坏了,还是油箱彻底没油了,发动机没有一点动静。他关上大灯,不让别人看见。然后开始摸手机,手机果真不在。

他降下车窗,从车里爬出来,尽量不弄出声响。黑夜里伸手不见五指,天上没有一颗星星。空气中有一种令人压抑的森林和夜晚的气息。四下里没有一点声响，既没有动物的声音，也没有昆虫的鸣叫。他唯一能感觉到的只有屈辱和脸上那种麻麻的感觉。这种感觉和几年前度完假回到家中，发现房子被小偷洗劫了一样。当时让他揪心的不是家里有没有少值钱的东西，这些东西他并不关心，而是有一个陌生人，而且是一个不怀好意的陌生人，闯进了他的世界。连续几个星期，他一直为这事感到屈辱。

但是脸发麻和这事有什么关系，他脑海里有声音在轻轻地说。这种令人发怵的麻麻的感觉，好像是一头钻进了一个蜘蛛网，蜘蛛丝怎么也挣脱不掉。

他集中注意力，想让自己不去理会。他前伸双臂，跌跌撞撞地朝山下走去。他很想奔跑，但是看不见脚下。他有一种感觉，海伦此刻正在看着他，从上面，下面，从冥府中，从任何地方，看着他浑身鸡皮疙瘩，跌跌爬爬地穿越树林。

他不时地停下脚步，细听四周。万籁俱寂，没有一丝声响，只有树林中飒飒拂弄树叶的风声，和耳朵中感觉到的自己的心跳声。与此同时，他始终觉得有人跟在他的身后。

真是见了鬼了，他心想，这到底是怎么一回事？

他被一个树根绊了一下，一个趔趄，肩头撞到了一棵树上。又走了几步，一根树枝划破了他的胳膊。他没有停下脚步，因为就在这个时候，他看到了城郊的点点灯火，别墅的花园灯，路灯，还有车灯。他可以放开脚步走了，但是仍然不敢环顾四周。

到了大街上，他觉得安全了。这里有房子，遇到紧急情况他可以按电铃求助。

他沿路向城里跑去，不断回身看，但是没有一辆汽车，也没有一个人影。慢慢地，脸上那种麻麻的感觉减退了，屈辱感也慢慢消失了。

6

洗车店和鞋子的项目完成后，塞弗林又往他桌子上放了一个物流配送的项目。约纳斯怀着敢怒不敢言的绝望看着产品照片，阅读技术参数。任务要求把一个呆板的芭比模仿物打造成一个睁着诱人睡眼的人见人爱的娃娃，把普通的床单包装成蜂鸟牌床上用品的精品，把图案平庸的餐具套装宣传成雷克斯系列餐盘。接这个项目让他非常沮丧，怎么也提不起精神，用他自己的话来讲，就是靠藏复活节鸡蛋来打点精神，他给不堪入目的长筒袜取名普里阿普斯①，或者把专门忽悠那些拿不定主意的客户的赠品，例如不值钱的照相机，取名为大屠杀。

他调出他的基金，市值都有所增加。他如果做投资顾问是不是机会更大？前不久海克托就来找过他，想听听他的建议。

他花了三个小时挑选滑稽的矮个儿娃娃和可爱的儿童睡衣，然后打电话给汽车修理店，描述汽车的具体方位。就在这时，

---

① 古希腊神话中男性生殖力和生殖器之神。

玛丽的名字出现在手机屏幕上，于是他挂断了和修理工的电话。

我时间不多，她说，我只想问，今晚五点半可以吗？

他打电话找不到丽娅。为保险起见，他给伊丽娜打了电话，她保证晚上有时间带孩子。他又拿起那本产品说明。然而发现自己此时此刻干活儿已经心不在焉，不过他已经无所谓了，他内心充满了喜悦，急切地想见到玛丽。海克托问他要不要一块儿去食堂，话音刚落还没三秒，他就已经站到了电梯门口。

你的车是怎么搞的？看上去像是被铁马蜂扎透了。

铁马蜂？什么意思？约纳斯问。

车在这儿。怎么弄？全修？

什么铁马蜂？

你过来一下，修理工说，自己看看，看看座椅！

座椅怎么了？

全是洞眼儿，扎的！就像是有铁马蜂来来回回飞的一样，来回飞，前后飞，侧面飞，上面飞，到处都飞，到处都是洞！

你们公司是不是刚刚聚会过？我看你是喝多了！

你自己过来看吧！

我过来，约纳斯说，我倒要看看你说的铁马蜂。

你看怎么修？车屁股也不像样了。我们仓库里没有座椅，要打好几个电话。

你确定从树林里拉回的是我的车？那个地方肯定有好几堆废铁呢。

修理工报出了他的车号。

你的意思是有人往上面开枪？约纳斯问。

不是。枪眼什么样我是知道的。这些洞眼完全不一样。

约纳斯乘出租车来到修理厂。办公室里坐着一对双胞胎，光头，一身横肉，在一边抽烟，一边冒汗。约纳斯弄不清楚是和谁通的电话。他们其中一个把他领进车间。车间里比较凉，很吵，几个小伙子穿着崭新的鲜红色的工作服来回走动。机油味很重。一个黑黢黢的工具掉在了地上，声音在车间里回荡。

我们看了下面，车轴没有问题。

约纳斯点头。

电路出了问题，不过问题不大，我们能对付。

约纳斯的车停放在升降机上。看见撞瘪的车屁股，约纳斯咬紧牙关，倒吸了一口凉气。修理工按了一个按钮，升降机嗡嗡地降下。他用劲打开卡住的车门，退回几步，好让约纳斯能看到里面。

约纳斯无言地看着座椅。

你现在明白我的意思了吧？修理工问。

约纳斯盯着座椅。

我是看不出究竟来，双胞胎的另一个走过来说。

约纳斯仍然在目不转睛地看着座椅。

你仔细看看！后来的那个双胞胎说。

他走上前去，将手指伸进一个洞眼里，指尖从洞的另一侧露了出来。

看看那个转角。子弹是不会转弯的。我当时就对帕库讲，这个样子就像有几百只铁马蜂横穿了座椅！

可怕！另一个双胞胎说。

约纳斯干咳了一声。但是世上是没有铁马蜂的呀，他木讷地说。

这我不反对，第一个修理工说。

究竟是什么？

不知道。也许是小孩儿？

有几个孩子昨天晚上跑到树林里，就是为了在我的车座椅上蹦出几个洞来？

7

玛丽从卫生间走出来，一丝不挂，给他处理肩膀上的伤，揭掉脏兮兮的膏药。她重新躺在他的身边。他伸出肩膀给她当枕头。她抓过他的手，放在自己的乳房上。

茶？香槟？烧酒？她问，都在床下的袋子里。

我现在想喝啤酒。

其实袋子里也只有啤酒。

他取过两罐啤酒，然后看了一下手表。从床头柜上拿过手机。没有电话，没有短信。

告诉我你怎么了，玛丽请求道。

我怎么了?

你是那么地遥远。

我也有这种感觉,他说。

这种感觉从哪儿来的?

我也不知道。但是的确有。和你没有关系,很快就会消失的。

他们喝着啤酒。他的那罐很快就空了。他扔掉啤酒罐。

你的生活最近怎么样?玛丽问。

他再次躺下来,从后面抱住她。我死去妻子的母亲住在我那儿,他说。这种事经这么一开头,反而就不大好往下说了。

她住在你那儿?

照看孩子。住不了几天。

其他呢?

没有其他。我只想和你在一起。

我也是,她说,我也想,但是不行。

约纳斯坐起身。情绪突然变得焦躁。

为什么不行?难道有障碍吗?

玛丽也坐起身。

又开始了,她大声说道。请不要……

你说什么?什么又开始了?

约纳斯,我们现在不谈这个。我们已经谈过不下五次,甚至不下十次,我们不可能……

我们谈过什么?那个时候和现在不一样,情况完全不一样!

玛丽不说话了。她把头靠在约纳斯的胸脯上,抱住他的手臂。

但是对我来讲情况还是那样。我仍然有一个孩子,我还要依靠阿伯克。事情没有那么简单,这你是知道的。

我知道。

你知道?

我知道。

我需要时间,你明白吗?

我明白。

他们再一次相拥躺下。他迷迷糊糊地睡着了。然后听到了某种声响,但是说不清楚是什么。他的腿靠在玛丽的腿上,他感觉到她的手放在他的肩膀上。枕头被他们的汗水弄湿了。他翻身仰面朝上,搓了搓脸颊,想要赶走困倦。

他数着天花板图案上的小方格。在想,有多少人在这里睡过,看过这些小方格。他在想天花板,它们悬挂在上面已经很长很长时间了,它们一直在向下俯视着人们。玛丽翻身紧靠着他。他抚摸她的头发,把一绺头发绕在手指上,然后又松开。

你在这儿干什么?他问。我的意思是,你在这儿的借口是什么?用什么证明?

我在看卡琳娜练击剑。

他翻身松开拥抱,床的弹簧发出咔咔的声音。他在卫生间喝了一杯水。然后走到镜子前,对着镜子找脸上的痦子。不知什么地方传来女人的叫床声。他把额头抵在镜子上,想克制住内心升腾起的恐惧感。他对着自己的镜像哈了很长时间的气,直到哈气完全模糊了他的身影。

他们相互缠抱在一起。他感觉到她的心脏在自己手掌下跳动，比先前那阵子已经平稳了许多。先前是一次长时间的、一要再要的做爱，达到高潮时，她后背弯曲，双臂盖在眼睛上。约纳斯用空着的手伸进她的大腿之间，轻轻地抚摸她。外面，在紧闭的卷帘窗后面，汽车来来往往。刚才的那阵叫床声停止了，这会儿开始播放起了收音机。

有事情发生了，他说。但是我说不清楚是什么，总之有事情在发生。

8

维尔纳环游世界航海家：有一分钟时间吗？

约：要一小时都可以给你。在做产品目录。为什么不过来？我们一块儿去食堂。

维尔纳环游世界航海家：不去，我有事。

约：那好吧。什么事？

维尔纳环游世界航海家：我有个建议。

约：偿还欠你的人情？

维尔纳环游世界航海家：说还人情不准确，因为这事不是为我好，而是为你自己做，否则事情就不对头了。这事要说是为我好，必须得你喜欢才行。

约：我不敢肯定，这能不能叫还人情了。

维尔纳环游世界航海家：我们很快就会知道。开门见山吧，我很想让你和艾薇上床。

约：？？？？？？？？？？

维尔纳环游世界航海家：早料到你的反应会是这样。

约：忠诚测试？

维尔纳环游世界航海家：不是。

约：偷拍？

维尔纳环游世界航海家：不是。

约：那就是开玩笑了，是不是？

维尔纳环游世界航海家：我们现在的对话，现在正在进行的书面对话，艾薇是知道的，她可以看系统日志。

约：你为什么不拐个弯直接到我这儿来，面对面地告诉我，你这是又有什么奇思妙想吗？

约：喂？

维尔纳环游世界航海家：对不起，刚才有人进来。

约：过来！

维尔纳环游世界航海家：没有时间。你觉得怎么样？

约：那我到你那儿去。

维尔纳环游世界航海家：不要，千万不要！

约：那好吧。

维尔纳环游世界航海家：千万不要过来！这毕竟有些不好说出口，我是说这段对话的内容。我们这种形式交流也有它的好处。说实话，有点儿不好意思，面对面谈这个话题，我谈不下去。不过也难说,唉,我也弄不清楚。喝点儿酒后或许可以。

约:你哪天不喝酒!

维尔纳环游世界航海家:少拿话来讥讽我。说吧,你是怎么想的。

约:这么说你是认真的?

维尔纳环游世界航海家:当然。

约:要我和你老婆睡觉?

维尔纳环游世界航海家:我也在场。这么说吧,如果这样搞不起来,你没法想象有我在场事情会怎么样,你们也可以单独来。这样的话,你们就到酒店开房去。

约:你是在拿我开玩笑。

维尔纳环游世界航海家:绝对不是。

约:你要和我上床?

维尔纳环游世界航海家:我的表达容易引起误解。是我们三个人上床。我们两个和艾薇做。我们之间不做。

维尔纳环游世界航海家:喂,喂,你还在吗?

约:为什么要这样???

维尔纳环游世界航海家:我没法儿和你说。

约:什么意思?你没法儿说,还是不想说?

维尔纳环游世界航海家:我当然想说,但是我真的不知道。可能是好奇、性癖好、寻求刺激,也可能都有点儿。

约:如果真是性癖好,那就找一个会所,去看那些令人作呕的人。你的这种想法没人会做。

维尔纳环游世界航海家：但是我们当中没人会去会所。就按我的建议做吧。你觉得有什么恶心的吗？

约：我没有说我觉得恶心。

维尔纳环游世界航海家：那么你觉得有什么不合适呢？

约：你们偏偏选中了我！

维尔纳环游世界航海家：还有其他反对的地方吗？

约：没有。

维尔纳环游世界航海家：那有什么可反对的呢？

约：这种事不能和朋友干。我们当年也没有找朋友干这事。

维尔纳环游世界航海家：你和海伦以前也干过？？？？

维尔纳环游世界航海家：和谁？什么时候？

维尔纳环游世界航海家：喂？和谁？

约：和你没关系。

维尔纳环游世界航海家：后来怎么样？懊恼吗？

约：我要是想说，自然会告诉你。我们只有过一次。

维尔纳环游世界航海家：艾薇，我，还有你。参加吗？

约：不参加。

维尔纳环游世界航海家：你不喜欢艾薇？

约：这不是问题所在。不行就是不行。

维尔纳环游世界航海家：不行吗？

维尔纳环游世界航海家：喂？

维尔纳环游世界航海家：喂喂喂喂喂喂喂喂！！！！

约：我干活儿了。

维尔纳环游世界航海家：现在先放下。说说看，为什么不行？

约：如果我说，因为我刚刚失去了妻子，而且我很反感你的想法，你会相信我吗？

维尔纳环游世界航海家：你虽然遭到了很大的打击，非常伤心，而且沉浸在深深的创痛中，但你仍然是一个压抑不住欲火的人，因此会认为我的想法值得一试。我心里很清楚，否则我就不会问你了。难道你还有更好的念头？

约：那好吧，我说实话。因为我只和玛丽一个人睡觉。

维尔纳环游世界航海家：那又怎么样呢？

约：你这是什么问题？

维尔纳环游世界航海家：一个好问题，一个我要再重复一遍的问题。

约：你们，你和艾薇，是不是经常干这种事？

维尔纳环游世界航海家：从来没有过。

约：没人相信。

约：刚才什么声音？

维尔纳环游世界航海家：啊。对不起，是打蛋器。塞弗林来了。我马上回来。

约：我要吃饭去了。

维尔纳环游世界航海家：顺便问一句，你和尼娜究竟什么关系？

约：你说什么呢？

维尔纳环游世界航海家：我眼睛不瞎。

约：你看到的是根本不存在的事。

维尔纳环游世界航海家：维尔纳，艾薇，约纳斯。

约：不行。

维尔纳环游世界航海家：只是性，约纳斯！

约：只是性吗？

维尔纳环游世界航海家：性就是性，约纳斯！

约：不对，性从来就不只是性。性可能不会总是有爱在里面，但是性从来就不只是性。

维尔纳环游世界航海家：我认为性就是性，大部分都是这样。

约：你说得也不是没有道理。我和一个人上床，不一定非要爱这个人，有好感就足够了。

维尔纳环游世界航海家：连这个都没有必要。有一次我和一个女人，我简直无法忍受她，甚至都有些反感。但是刺激就刺激在这个点上……这个你明白的。

维尔纳环游世界航海家：你睡着了？

约：但是我现在只和玛丽睡觉。别人免谈。

维尔纳环游世界航海家：答应我，会考虑我的建议。

约：我当然会考虑，而且会好好考虑。

9

他，托姆，克里斯，他们三人把佩里——那个笑呵呵的火

车头,放到了铁轨上。克里斯吊在他的后背上,勒住他的脖子,而他则在手机上打字:

你究竟怎么了?

他删掉这句话,重新写道:

你一切都好吗?可以打电话吗?

过了一分钟,有回复过来:

现在不行。过会儿联系你。我和阿正在开车准备出去。

去哪儿?

外地。两个人度个小假。萨沙在阿伯克的父母那儿,他们这会儿回国内来探亲。请不要生我的气。

托姆要喝可可。约纳斯做可可。

太烫了!托姆喊道。

里面温度正好。只是杯子外面摸着烫。

托姆哭了。太烫了!

那你就等一会儿,等它凉了。

我也要可可!克里斯也抱怨了。

你为什么刚才不说?

克里斯想抢哥哥的杯子,但是托姆比他劲儿大。克里斯开始哭嚎起来。他扑在自己的床上,把脸埋进枕头里。

我要喝可可!我要喝可可!

但是你不要抢别人的东西!等三分钟!

你走!

什么意思?为什么要我走?

你走！我要找妈妈！

真是没法儿管你们了！

约纳斯想把他抱入怀里，但是他拼命挣扎，小腿乱蹬，甚至蹬到了约纳斯的鼻子。

我要找妈妈！

你知道这办不到，我的心肝宝贝。她再也不回来了。

我要妈妈！我要妈妈！

他一边抚摸伤心哭泣的克里斯，一边看着托姆，托姆无动于衷，仿佛眼前的一切都和他没有关系。他只是拿着一个杯子，蹲在木铁轨中间。约纳斯在想，两个孩子的表现截然不同，究竟哪一个更健康呢。

克里斯挣脱了约纳斯，用手抹了一把脸，和托姆坐到了一起，好像刚才什么事也没有发生。仅仅过了几秒钟，他们两个就为一节车厢打成了一团。约纳斯在厨房把最后一点儿牛奶烧热。他隔着递菜窗看见丽娅在看杂志。她把鞋子脱了，腿跷得高高的，脚指头在连裤袜里相互摩挲。

他给克里斯端去可可。小家伙手一扬，杯子凌空飞过房间。约纳斯走进卧室，扑倒在床上。他听见两个孩子在旁边的房间嚎叫。衣橱的一扇门是敞开的，约纳斯看见一叠内衣的最上面躺着海伦最喜欢的那件外套。这些衣服肯定是丽娅收拾出来的。约纳斯还没有认真考虑过该如何处理这些衣物。保存？扔掉？如果扔掉，什么时候扔？现在？还是过一年？他有一点态度很明确，绝对不允许其他人穿着她的衣服和裤子跑来跑去。

维尔纳发来短信,告诉约纳斯他还在路上,约纳斯应当把他老朽的身躯拖到户外晒晒太阳。我死了,约纳斯回复。旁边的房间发出一阵金属撞击的声响。可是他却没有心思过去看一下。

我回来后给你补过生日。有一个很好的礼物要给你。

我想你。

我也想你。拥抱你。玛丽。

他把孩子放进浴缸。同时强迫自己不去想浴缸里发生的场景。他还想起来自己已经考虑过很多次,一定要从这里搬走。他给孩子们刷完牙,把他们送进客厅,让他们和丽娅说晚安,自己则先走进他们的卧室,站在两张床中间、满是可可的地毯上,等着他们进来。他必须给他们念三个故事,编两个故事,直到他们心满意足为止。故事讲完还要过大约半个小时,他们才会发出深沉均匀的呼吸声。这个时候他才可以蹑手蹑脚地从房间里退出来。

他瞥了一眼客厅。丽娅躺在电视机前,房间里有一股她特有的味道,给人一种感觉,仿佛房间小了许多。他把餐具收拾进洗碗机,清理厨房。当他正想看看茶水有多热时,客厅传来丽娅急促的说话声:

我早就说过!做一套假牙!亚冠套根本不管用,又贵又容易脱落。最好的办法就是一劳永逸地解决。这个方案我非常满意!

约纳斯把茶端进卧室,翻开海伦看过的一本爱情小说。但是他看不进去。然后换了一本历史书,情况稍好一些。他又给自己倒了一杯茶。客厅里传来轻声说话的声音。

他给尼娜发短信,没有得到回复。随后他把手机放在充电器上,脱了衣服,盖上被子。床单和被褥还散发着和以前一样的味道。

十点。十点半。十一点。没有丝毫的困意。这样不行,他想,又开始了。

十一点半。十二点。他把书看完了。

我可以学外语,他心想。我可以利用最近这些夜晚学外语。吉尔吉斯斯坦语,斯瓦希里语。学一些永远用不上的语言。

他总感觉能听到什么声音,开始他把它归结到可能是邻居在搞家庭聚会。可是声音越来越大,看来是从街上传来的。他翻身滚到另外一侧,向窗外看去。所有的路灯都没有亮。但是时不时有一些小光点在移动。

他揣上汽车钥匙,悄悄走出家门,走进过道。电梯按钮的灯是灭的。他按了两下,三下,电梯没有反应。于是他走楼梯下楼。

一楼停电了。他听到身边有水流的哗哗声。不由一声惊呼。声音在楼道里回荡着。他往回上了几层楼梯,在半楼的地方打开了临街的窗户。

外面淹水了,水平面齐到窗户下面一米的位置。

有一个光点移动过来。这是那种挂在船头的提灯或油灯。上面有身穿雨衣的男人在划船。他们陌生的面孔在摇曳的灯光下闪烁。有一个人用强光电筒逐一照射房子的墙壁。

要跟我们走吗？

小船直接停在窗户下面。约纳斯跨上去，坐在一块船舱板上。船上的人用桨抵着房屋的墙壁，用力将小船撑开。

月亮。

约纳斯从来没有看见过月亮这么低，这么大。好像月亮就是他们的目标，他们正在径直朝月亮划去。景象越不真实，约纳斯就越是清醒，这不是在做梦，眼前的一切都是属于他的真实世界。

船上的人默默地划船。船长用手电筒照射左右两边的房子。远处传来喊叫声。夜色中弥漫着一股淡淡的却很沉重的气息，四下里只能听到船桨以均匀的节奏划过黑沉沉水面的哗哗声。

已经划了多长时间？

他们遇到了其他小船。船上的人都默不作声，连眼也不抬一下。所有船都朝同一个方向前进，市中心，都迎着月亮向前划。约纳斯看见了红绿灯和交通标志。不时有公共汽车露出水面，轿车的车顶则隐现在水下。一个划桨撞击到了一辆沉没的车身，发出闷闷的声响。

小行星撞击地球？大规模管道爆裂？雨水？溃坝？究竟发生了什么？是已经结束了？还是刚刚开始？

他们周围有越来越多的小船聚拢到一起，朝月亮划去。它们在水中的倒影越变越大，扩散开去。约纳斯打量着他前面那个穿雨衣的男人。他灭掉了手电筒，一动不动地站在船首的提灯后面。约纳斯想给维尔纳打电话，但是没有信号。他关上手机，又打开，还是没有用。

约纳斯朝自己的下面看去，自己穿的是牛仔裤、运动鞋。他很欣赏自己的腿。他脱掉鞋子和袜子。每当他需要定下心来的时候，他都要看着自己的脚。

在丧失时间概念的恍惚状态下，他在船舱板上坐了好一会儿。注视了一会儿月亮后，他突然想起了托姆和克里斯。他在这边的船上漂泊在水中，他们则躺在床上，他想到了他们的奶香、他们圆润的小脸、热乎乎的小脚，还有他们细软的头发。

这时候，约纳斯他们遇见一艘小船，小船的后面还拖着一条更小的船，船上空空荡荡。约纳斯有一种感觉，对面小船的船长正在意味深长地注视着他。他举头望月，看着月上的阴影，和月亮的光芒。他低头转身，看见那艘小船正在划走。

我要后面的那艘小船！他喊道。

出乎意料的是，对面的船长竟然点了点头，两只船并排停了下来。小拖船被解开了。约纳斯穿上袜子和鞋子，爬到小船上。突然不知怎么搞的，他不敢看别人的眼睛。只是匆匆地挥了挥手表示感谢，然后抓住舵，撑开了。

自己开始掌舵了，他才发现水中没有激流，水是静止的。

他调转船头向家划去。所有小船都在朝他迎面划来。每只小船上都是两个穿雨衣的男人夹着一个乘客。他避免和他们接触，躲避他们的目光。尽快回家的愿望促使他不断加快桨速。

终于到了他家的那栋楼,他的肌肉开始抽筋了。这里的水位已经降下去了。汽车顶露了出来,垃圾桶也露了出来。约纳斯不得不手脚并用,去够他刚才爬出来的那个窗户,把自己拽上去。他累得气喘吁吁,瘫倒在楼梯间,足足有好几分钟坐不起身。他大口大口地喘着粗气,所有的毛孔都在往外冒汗,头也疼得厉害。下面什么地方依然传来哗哗的水声。

到了家里,他抱上自己的被子,躺在托姆和克里斯床之间的地板上,一边静听自己的呼吸节奏,一边盯着眼前的黑暗。

10

丽娅在热牛奶。孩子们把鼻子贴在窗玻璃上,看消防员给地下室抽水。除了几处比较大的积水,街道上的水已经基本上退干净了。约纳斯很想和维尔纳聊聊,或随便找个人聊聊这次事件,但是手机仍然没有信号。他走下楼,想检查一下汽车受损的情况。他揉揉肩膀,肌肉还在酸痛,特别是后背,疼得厉害。

他打开车门,车里的水沿着车门踏板漫了出来。约纳斯骂骂咧咧地往后退了一步。更可气的是,这部车刚刚从修理厂取回来。

我——我——帮帮——你把车——弄——弄好。

乔伊,你偷偷摸摸地跑过来干什么?

我——我——没有——没有偷偷摸摸地——跑跑过来。

那好吧，乔伊，其实我不是那个意思。

太——太——好了。我——我帮你把车——弄——弄好。

你愿意弄？你没事干？

没事。我没——没有车。

也是的，约纳斯说。

我们是不是再一块儿吃一次羊——羊肉？我喜——欢吃羊——羊肉。你上次做的羊——羊肉，很好——好吃。真的！

那是自然。乔伊。只要你想吃。

打出租车比约纳斯想象的要困难得多，因为电话打不通，街上到处都是一群群招手拦出租的人。只要他发现了一辆空出租车，那么没等车开到他的面前，就在前面被其他人截了。等了足足半个小时，没有一点儿结果，于是他把托姆和克里斯放在快车道上，让他们挥手。过了一会儿，终于有一个上了些年纪、累得两眼通红的司机心软了。

两个孩子坐在后排座上嚷嚷着比划街上的景象，约纳斯坐在副驾驶的位置，转动收音机的调台旋钮。发大水的消息只是最后提了一下。溃坝。而且等到发现时已经来不及了。

约纳斯嘴里哼了一声，你怎么看？

不怎么看，司机说，朝窗外吐了一口痰。

约纳斯看着街上的景象，不住地摇头。街道两边都有人用水桶往外舀车里的水。每隔几百米就有一辆拖车在闪灯。各个十字路口前后都停满了汽车俱乐部成员的车。出租车里还有一股清洁剂的味道。

通常情况下，约纳斯不愿意和出租车司机搭讪。但是这一次，面对这次闻所未闻的突发事件，他有一种很强烈的欲望，一定要找个人交换一下看法。于是他问道：

这事是怎么发生的，你怎么看？溃坝？知道怎么一下子会有那么多水吗？

政府！司机大声说道，政府没用！我们纳税养活这帮人，结果怎么样，有目共睹。他们有什么能耐，也是有目共睹！

约纳斯开始继续旋转调台旋钮。

幼儿园在刷地。约纳斯不放心地问，把孩子放在幼儿园是否安全，是不是应当安排一天专门做清洁。

这一天要做清洁，这是肯定的，但是孩子仍然可以放下来，保育员说。我们和孩子一块儿做清洁，再刺激不过了！

公司来上班的还不到半数。发大水好像并不是大家热议的话题。这也在约纳斯的预料之中。把什么事都当回事，这在大家看来很丢人现眼。

尼娜招呼他。看见她裙子下面露出的棕色大腿根，约纳斯绕过拐角找维尔纳去了。

你怎么看？

维尔纳连头都不抬。

不怎么看。我能怎么看？发生就发生了呗。

发生就发生了呗？

是啊。那件事你考虑过了吗？

什么事？

维尔纳，艾薇，约纳斯。这么说出来，就像是一出戏。但愿不会发展成一出戏。

什么事？

明知故问。考虑过了吗？

听好了，我不感兴趣！我刚失去海伦！我不需要这种形式的刺激！至少现在不需要！

一个同事从他们身边走过，朝房间里扔了一杯布丁，布丁击中墙上用重彩涂抹的切·格瓦拉画像，然后撞得粉碎。维尔纳在他后面骂了一句脏话。

是乔万尼，还是梅尔科普夫？你看见是谁了吗？别那么傻乎乎地站在那里，帮帮我！告诉我，究竟为什么！为什么你不愿意？

维尔纳，这事儿我不能做，我已经跟你说过了。

你不喜欢艾薇？

我喜欢也好，不喜欢也好，都没有关系。这事儿我就是不能做！我没有这种爱好，请多多理解。

塞弗林的女助手站在门前，她睁着无神的蓝眼睛微笑着，好像是在等他。约纳斯向她问了声好，准备离开。不料她伸出了一只胳膊。足足过了好几秒钟，约纳斯才反应过来，她是想给他一样东西。她手一伸，一张小卡片滑落到他的手里，她眼睛直勾勾地看着约纳斯，然后一转身，走了。他看了眼卡片：茅拉·里弗尔——文字编辑助手。上面是她手写的手机号。

11

发大水的事情真有些蹊跷。上游溃堤。投资巨大、刚刚建成的溢洪道很晚才发生作用。有一种感觉一直在缠绕约纳斯，提醒他这种说法只是一半的实情。他把丽娅送回家，感谢她所做的一切，告诉她，也该他自己料理一切了。但是事情并没有那么简单。孩子需要有人和他们玩。他陪他们去看儿童剧，去公园玩弹跳球，到森林采蘑菇，然后一块儿烧蘑菇。他不时喝一口葡萄酒，给玛丽发一条短信。他请乔伊吃饭，特地选了一家以前从没有去过的餐馆。不过他以后也不会再去了，因为乔伊在餐馆里抚摸着鲜花，哭了。吃餐后甜点时，乔伊把一个小盒子放在盘子边上。是礼物吗？约纳斯问。是——是给给——你的，乔伊说，因为——你你——是我最好的朋朋——友。约纳斯打开盒子，里面是一块有手绘画的石头。我搜搜——集的，是——一块幸幸——运石。约纳斯有一个女邻居，患有嗜睡症，也是一个人带两个孩子，他邀请她到家里来做客。孩子们在房间里玩得天翻地覆的时候，他和她坐在一起喝茶，绝望地找寻能一起聊天的话题，免得总会有种担心，似乎不去晃她，她就会睡过去。她毫无姿色，而且一直在看电视，不过约纳斯还是挺下来了，因为孩子们把家里弄得底朝天，已经到了忘我的地步。这种玩法他在他们身上已经有一阵子没有感受到了。他打电话给伊丽娜。有的时候他会临时决定出去玩玩。两三个小时漫步在乡间田野，看农民开拖拉机，自问自己的生活怎么了，是从什么时候开始，生活一点一点脱离掌控的。他给海克托的侄子上了三节数学辅导课，报酬是海克托带他一块儿去威士忌会所。他用三天的时间，把海伦的东西全部整理到小工作间。从今往后，这个房间没有绝对必要是不会再进去的。他和尼娜外出，一直待到凌晨两点。两人一块儿在奢华的酒吧品尝鸡尾酒，他直勾勾地盯着她低胸的领口，热烈探讨着他并不感兴趣的社会话题，他觉得很有意思。或者在迪斯科舞厅看她跳舞，自己却喘着粗气大汗淋漓地靠在吧台上休息，看手机有没有短信或电话，然后不断地点酒。他开车带孩子下乡，让他们知道农民的房子是什么样的。去的时候安娜一块儿陪着，她站在猪圈前的烂泥里，一言不发，好像是在冷漠地观察自己的鞋子，看它们如何一点点陷入烂泥。他还开车带孩子去看高山湖泊，而且还带上了尼娜，让他们三人在水中游泳，自己则在一边享受阳光。他报名参加了一个急救培训班，这样遇到紧急情况就不至于站在伤者的旁边，干等医生，眼睁睁地看着伤者因失血过多而死去。他和夏德听了一场摇滚音乐会。他会花上整整一个下午的时间，坐在那儿，练签名。越练越觉得自己的签名奇怪，字母和字母组成的字是那样陌生，可以是这个含义，也可以是那个含义。他给自己预定了一个单独的短期度假旅行。他和玛丽在酒店相会。玛丽给他的生日礼物是在私处文了一行字：永爱约纳斯。你发疯了？他问。我没觉得我发疯了，她说。是画上去的？他问。不，是文上去的，她说，永远都会在上面。阿伯克会看见的，他说。他从来都不看我这里，她说。尽管如此还是会看见的，他说。我们做爱都是摸黑，她说，而且我总是在卫生间换衣服。那游泳怎么办？他问，到海边怎么办？我从不在他面前换衣服，她说，不错，是冒险，但是我愿意冒这个险。你彻底疯了，他说。他们相拥而睡，睡了三次。他把她搂在怀里，长时间地看着她，说：我爱这双眼睛。她说：我也爱你的眼睛。给我时间。我的萨沙。我不知道该怎么办。

12

醒来时，他发现鼻子塞住了。不停地咳嗽。喉咙火烧一般地疼。他大口呼吸，揉着淌眼泪的眼睛。然后一边咳嗽，一边颤抖着给玛丽发短信。祝飞行顺利，她回复，我多想和你一块儿飞。他写道：在上班？她写道：多想坐在你身旁，真可惜，我今天不上班，完全可以见个面。他写道：那是。

发烧三十九度。他拖着沉重的脚步走进孩子的房间。托姆和克里斯不在床上。他到卫生间找，到浴缸里找，最后发现他们在客厅。他们舒舒服服地四仰八叉躺在沙发上，完全一副大人的架势。电视机开着，被调到很小声。

你们在干什么?

他们干巴巴地说了声早安,视线没有离开电视。电视里在播放一出青少年的爱情剧。约纳斯正要走开去穿衣服,发现餐桌上已经摆好了。一个盘子里放着一片吐司,上面抹了果酱,已经吃掉了一半,旁边有一个碗,里面的剩牛奶上面漂浮着一些燕麦片。每个人还有一杯可可。

谁给你们做的?

什么?托姆问。

早饭!谁给你们做的早饭?

我们自己做的!托姆说。

在厨房,只有热牛奶的锅还在炉子上,除此以外,一切都被擦得干干净净,收拾得井井有条。

我再问一遍:谁给你们做的早饭?

我们自己!托姆说,克里斯点头。他们根本不正眼看他。电视屏幕上,一个女孩子正在挣扎着不让人吻她。

约纳斯检查了一遍门锁。插销是插着的。

在去机场的路上,他几乎喘不过气。维尔纳劝说他去游泳,他就是在游泳时受的凉。这次感冒是最近一段时间以来最痛苦的一次了。头几乎不能扭动,胸口感觉像是受伤了一样地疼。额头发烫,而且在冒汗。这种状态坐飞机实在不是一种享受。但是他又不想因为感冒而取消这次度假。

在机场轨道连接线上,他独自做着梦。他冲着身穿制服体形瘦削的女乘务员呆呆地笑，过了好一会儿才反应过来，她要干什么。他给安娜打电话，再次和她确认，她应当把孩子从幼儿园接回家，照看一个小时，一直等到丽娅到家。不用担心，安娜说，不会有问题的。

　　他在想象这么一种相会。这边是一个患癌症的大人，那边是两个孩子。孩子发现了。大人谈起这事并不忌讳。她是怎么想的？我将死去，我也许过不了多久就不存在了。这两个孩子将看着我死去。过了五十年，他们还会想起那个人，也就是我，当时死去的情景。我的意识也许很快就会消亡。各种想法也会随之消散。黑暗？孩子们会怎么想？这个女人也许很快会死去，这意味着什么？人死后会消失到什么地方去呢？

　　他没有行李，直接在自助值机柜台打印登机牌，眼睛瞄着玛丽不当空乘后时常工作的那个柜台。然后他在咖啡厅找了一个靠窗的座位，可以观赏飞机的起飞和降落。他在手机里输入：

　　现在，此时此刻，你和我，我和你，就要一块儿飞了。系好安全带，手牵着手，起飞，降落，在一起，结束一段生活，开始一段新生活，你和我，我和你。

　　那多好，可惜现在不行。

　　他一直在咖啡厅坐着，没有去登机口，而是观察匆匆过往的人流。年纪大的男人们腆着肥肚子，身穿夏威夷老头衫，女人们拎着封好的购物袋，而孩子们则手上拿着泰迪熊。他给玛丽发了无数的短信，用完了全部的手纸，他朝窗外看去。内心感到一种空洞，觉得自己在这片土地上是一个陌生人，不属于周围的一切。

飞机在离地前开始摇晃，约纳斯感觉眼前的情景如虚幻一般。他看见一架飞机失去平衡，歪向一边，最后震颤了一下，然后发生了耀眼的爆炸，在一阵连大地都为之撼动的沉闷巨响声后，飞机在隔音玻璃墙后的地面上，撞得粉碎。

周围的人在尖叫。他感觉这一切仿佛和他没有任何关系。他注视着大火，觉得双腿好像没有了知觉，他连忙低头检查自己的腿，以确信它们还在。然后他看了一眼面前桌上的登机牌。座位号8B。

在前面的窗户边，人群在往前涌，人们开始变得歇斯底里。孩子们的叫嚷声甚至盖过了大人。广播在发布通知，但是所有扩音器同时播出，结果什么也听不清楚。警察在奔来奔去，一会儿朝这个方向，一会儿朝那个方向。只有一辆消防车在驶往坠落地点。过了几分钟，才陆陆续续又有几辆开过去。又过了几分钟，出现了一辆闪着蓝光的救护车。约纳斯觉得自己要窒息了。

一个小时过后，第一批电话打来了。他看着手机在面前的桌上振动，但是却不接电话。第一个电话是维尔纳打来的，然后是玛丽，又是玛丽，还是玛丽。尼娜，安娜，维尔纳，乔伊，乔伊，安娜，丽娅，宋德海姆，弗兰克，伊丽娜，安娜，又是维尔纳，玛丽，玛丽，玛丽，玛丽，玛丽，玛丽，玛丽，玛丽，玛丽，玛丽，玛丽，他接通电话，听见她发出了一阵长长的、非同寻常、令人窒息的叫喊。

13

　　一整天，约纳斯都是在一种介于有意识和无意识之间的恍惚状态中度过的。他同机场和航空公司的工作人员交涉，填写表格，赶走了一个记者。他打电话，但是过了五分钟就不知道刚才和谁通的电话。

　　飞机失事的第二天，他在家和孩子们待在一起。他和他们一块儿玩耍，躺在他们身边的地上睡觉，这一天他一共睡了十六个小时。到了晚上，他一共有二百四十四个未接电话。当一个电子音问他，是不是真的要删除所有留言时，他按下一，代表是。

　　第二天，他把托姆和克里斯送到幼儿园，买了一个新手机，到机场接玛丽。他们一块儿来到他家。她一直待到下午。在他达到高潮前的一瞬间，玛丽用一只手臂捂住眼睛，说，全射进去。然后他轻步走进卫生间，在里面哭了出来。回到床上，他搂住她，紧紧地，紧紧地搂住。

14

把孩子送到幼儿园后,他开车回家,给公司打了个电话,再次请病假,尽管感冒已经差不多好全了。他不得不无数遍地讲给维尔纳听,他当时坐着没动,没有去登机口,他当时是怎么想的,有什么感觉。

有媒体和你联系吗?

二十到三十个。按理说航空公司不允许透露我的个人信息,尽管如此还是有两个来敲我的门。

你怎么样,还好吗?

说不清楚好坏,约纳斯说。你什么意思?

他把新手机号发给朋友和熟人,请他们务必不要告诉别人。过了一会儿丽娅打电话给他,问需不需要她,要不要她过来。他回答说,他一个人能对付得了。

怎么会发生这种事情,她说,怎么会发生这种事情。

是的,丽娅,怎么会发生这种事情。

安娜的电话插了进来。他匆匆和丽娅告别,按下接听键。安娜在哭。

大约有一个小时,我一直以为你死了。

我也是这么以为的,他说。

门铃响了。他穿着袜子轻轻走过去,透过猫眼向外看,看见乔伊手拿一束鲜花站在门口。约纳斯转身把背靠在门上,用手搓了搓脸。挂衣架旁边的留言板上插着他那张登机牌。他看着上面的文字。航班号，目的地，舱位，座位号 8B。然后他听见乔伊嗵嗵的脚步声在走廊中渐渐远去。

他轻手轻脚地走回厨房，注视着玛丽一天前喝过的杯子。他在架子上发现了一个她扎头发用的橡皮筋。于是他把它套在自己的手腕上。然后端一杯茶，拿了一份旧报纸走进卧室，爬上床。刚刚开始看报纸，尼娜的电话来了。

刚听说你来不了了。把我一个人丢在这里。还在生病？还是……

还在生病，病还没好。

是不是创伤后心理压力紧张综合症？要不要我过来看看，帮你排解压力？

你没上班？约纳斯问。你这么说，没人听见？

听到又怎么样！看看这里的气氛……你知道刚才塞弗林说什么了吗？他说……

我现在要睡觉。明天见。

他觉得冷，于是钻进被子里。他拨了三次玛丽的电话，但是每次都是刚拨通就挂掉了。他翻身到另一侧，把脸埋进枕头里，在床上翻过来翻过去。然后第四次拨了玛丽的电话，这次没有挂。

你今天有时间吗？我知道你没有时间，来不了。但是说不定你有时间，说不定能来得了。

不行，来不了。我在上班。因为昨天的事儿已经和几个同事闹矛盾了。他们不仅要为我代班，而且还要为我撒谎，我很难受。

　　我知道。很抱歉。但是你可以以为自己有时间，以为自己能来，因此你就有时间了，就能来了。你可以到我这儿来。一个小时。半个小时。

　　连续两天？这样不行。尽管我很想行。

　　我知道不行。但是我还是要问。

　　无声。他听见有人在那边说话，有人在笑，好像是一个嗓音深沉的女人。有广播声。约纳斯闭上眼睛。眼前浮现出那架坠落的飞机。

　　你一直待在家里吗？她问。

　　我有一种很奇特的感觉。

　　你刚刚逃过一场飞机劫难。我想这就是感觉奇特的原因吧。

　　和这个没关系。告诉你，航空公司答应承担心理咨询师的费用。这个费用比我失事的费用要少得多。我还可以提什么要求？你有经验，遇到这种情况你们是怎么赔付的？

　　我不知道。我们这种情况从来没有人活下来过。

　　每到周年纪念日赠送礼品包直到死亡？还是一个心理咨询师就完了？

　　根据我对你的了解，你不会去接受心理咨询。

　　根据我对我的了解，我是不会去。太奇怪了。我不知道能不能跟你说清楚。但还是很想和你聊一聊。

　　你的意思是到你那儿，而且是今天，没错吧？

　　是的，他说。到我这儿，而且是今天，我很想和你聊聊。

哈哈，先聊还是后聊？

有什么可笑的。过来吧，玛丽。

听你叫我的名字，感觉很好。但是不行。

玛丽，玛——丽，玛玛——丽，玛丽——丽，玛丽。

她再次发出笑声，啵地一声对着听筒亲吻了一下，然后挂了电话。

他把双手盘在后脑，看着天花板，什么也不想。过了不知多长时间，他觉得自己的脸湿了。他想起身，但是动弹不了。他身上有情况在发生，有东西在变化。仿佛身体在环境里融化，他仿佛在膨胀，在延伸。

他飘浮起来了。轻飘飘的。空间，时间和物质既是不存在的，又是一体的。只一秒钟，他变成了天花板。

他变成了墙，墙缝，飞尘。虽然他能清楚地看见身下的一切，但是他仍然觉得自己的眼睛是紧闭的，不，他觉得自己根本没有眼睛。他没有感觉到热，也没有感觉到冷，而是感觉到自己和房子以及物体结成了一体。他什么也嗅不到，只能嗅到自己的味道，是那种温馨的石头的味道。他的下方是那张空荡荡的床，还有衣柜，地毯，床头柜，窗户，门。所有元素都排列有序，赏心悦目。

他知道：太阳在运动，从屋顶上方的天际移过，阴影投入房间。闹钟在嘀嗒作响。房间里有各种声音在回响。一个男人在咆哮。一个孩子在叫爸爸妈妈。一只狗发出汪汪的叫声。门砰然锁上。电话铃在响。收音机里在播放音乐、新闻和广告。

门铃急促响起。有人在笑。重型汽车隆隆驶过,消失在远方。有鸟在咕咕叫。一个老太生病了,在咳嗽。瓶子被叮铃咣当地扔进垃圾桶。一辆汽车打不着火。寂静。空无。

当他重新感觉到身下和周围物质性的东西时,当他重新躺在床上时,他觉得自己遭到了驱逐。他看着天花板,闭上眼睛,平稳地呼吸着。

他站起身,双腿在发抖。他不得不重新坐下。他闻到自己身上散发出前所未有的浓烈气味,一股汗味,特征鲜明,是他,毫无疑问,绝不会混淆。他听到了声音,他细细地听,入神地听。他看到了以前从未见过的细腻色彩。他深深地陶醉在自己的多姿多彩中,将一团纸捏在手心里。

过了一会儿,他又试了一次。头有些晕,但还是成功了。他轻轻地哼了一声,随口喊了一下。他几乎听不出来是自己的声音。

门口有一盆花,上面放着乔伊写的卡片。约纳斯靠在墙上,喘着粗气。他蹒跚地走向电梯,任房门敞开着。

他找了好一会儿,没有找到自己的车。

他把车里所有窗户都摇下。风吹拂着他的皮肤。在一个交叉路口,他在绿灯时停着不走。在下一个交叉路口,他却差点闯了红灯。他在书报亭漫无目的地买了一摞杂志。卖报女人用满是报纸油墨的手指梳弄头发,摆弄洗褪色的衣服。他在报纸架就闻到了她身上散发的泥土的芳香。她笑呵呵地看着他。他脸上也摆出了微笑，比前面所有顾客都要灿烂和深刻。

您今天的气色相当好，她说。

约纳斯朝后面房间那个沉默的老人点点头。老人从嘴里抽出烟斗，认真地看了看约纳斯，也冲他点点头。

15

她必须是打心眼儿里愿意，他说。必须是她的自主决定。她必须到我这儿来，这她是知道的。

可能你是对的吧。

我肯定是对的，他说，然后挂上电话。

16

和往常一样，又是约纳斯来早了。他看了看短信，向一个无精打采的女服务员点了一杯绿茶。他扫了一眼菜单，又点了一份沙拉，因为这道菜不用等。说不定他们会去别的地方。

服务员把茶端到桌子上。吃的先不用上，他说，然后拿一块抹布擦一下这张油腻腻的桌子。服务员拿抹布过来，擦干净桌子。他开始胡乱地敲击手机键。整点差十分，整点差五分。

他浑身冰冷。他在手机上写道：以防我待会儿说不出话：你好！吻你！他没有发出这条短信，而是保存了下来。

他到卫生间整理发型，检查了一遍自己的脸。没有痦子需要遮掩，他把笔放回裤子口袋。他冷得有点儿发抖，但是仍然不打算放下卷起的袖子，因为这件衬衫很得体，而且玛丽说过很多次，他的胳膊很有男人味。他走回座位，尽量摆出自然的样子。

他看到了她的背影。她穿一件浅蓝色外衣，深色牛仔裤，白得耀眼的运动鞋。她的脖颈在半长头发的遮掩下时隐时现。一阵电击般的感觉闪过他的全身，这一瞬间的形象给他内心的某个区域传递了一个信息，这个区域他从来没有进入过，而且比他的年纪还要久远。

他默默地把手机里的那条短信伸给她看。她看着屏幕，也把自己的手机递给他看，上面写着：

也吻你。

她翻看菜单。如果不能抚摸她，那手还有什么用？他内心涌起一阵歇斯底里般的冲动，要去抓她，抓她的任何地方，恨不能一个鱼跃扑过去，把她扑在身下，把她扯到地上，用自己的身体压住她的身体，就在这儿做一场爱。但是他默默地坐着，轻晃着脑袋，无端地揉着自己的肩膀，有些傻傻地发笑。

两人都点完餐后，她说，阿伯克最近有些怪怪的。

怎么个怪法？你该不会觉得他知道些什么了吧。

不是，不是这个，是……

他也不大可能知道。我们见面的次数很少,这是我的看法。

约纳斯,干吗这样?我们见面的次数和……以前一样!不,比以前多!

可能吧,但是我总觉得越来越少。

可以理解,因为你现在一个人睡。同以前相比,我们之间的关系出现了一种不对称。这样不好。

你什么意思?他问。是不是想向我暗示什么?

我只是说这样不好。

是不是我应当再弄个女人来,我们才可以回到原来的状态?可我更喜欢用另一种方式来恢复对称。

她在桌子上把手机转得像个陀螺。她的表情令他担忧,而且她不正眼看他。

怎么说?他问。

她抽回握着他的手。

玛丽,应当多点时间!一星期一次改成一星期两次,这有什么难办的?理论上讲我可以和你待上一整天。我在公司可以时不时地跑出来,晚上我也不用向任何人解释我要去哪儿。应当没有任何问题的呀!

没有问题?想知道有什么问题吗?想知道我为什么不天天和你在一起?我会告诉你的。

谁说要天天见面的?

你给我仔细听好!我不能像你所想的那样,也不能像该死的我想的那样,那么频繁地和你见面,因为我有家庭!因为我有一个孩子，因为我有工作，因为我有我的生活！因为我要工作挣钱养活我自己和我的家，顺便说一句，我还要挣钱和你去酒店开房！

你怎么说这种话？他声音高起来了，我一直都说酒店的费用我一个人付，而且我以后一直会这么做！

但是我不想这样做！我要付我自己那一份，我要！我要！我要！因此我要挣钱，不仅用在这个地方，还要用在其他许多地方！我有一个老父亲需要护理，我的老母亲，她一个人根本护理不了！我的父母需要清洁工，但是他们的钱不够。他们需要我，因为我是他们的亲人，因为我喜欢照顾他们！再说我还有一个妹妹，一吸毒就以为自己是十八岁。我每个月要把她从医院接出来一次。我还有自己的朋友们，我也想和她们坐一坐，至少偶尔要有一次吧！我一个星期去游两次泳，我不想改变这个习惯，因为我的身体需要这个！我有男人，我有孩子，我有我的生活！约纳斯，这个生活不只是由你一个人组成的，虽然我非常这么希望，虽然你在我的生活中占据非常重要的位置！

女服务员先送上沙拉，然后端上玛丽点的鸡肉。上菜的同时，音乐声被调高了。玛丽请服务员把声音调低一点。

你不喜欢听泰国的流行音乐？他问。

你认为这是泰国的吗？

约纳斯将身体探过桌子，用筷子捅了一下玛丽的腰。她的身体蜷缩了一下，但是没有抬头，更没有笑。约纳斯开始吃饭。

现在透露一下，你究竟怎么了。他说。

玛丽把筷子放在一边。

我刚才说过要烧软一些。难道我没说软一些？我舌头上没有老茧。他们这儿上的都是什么东西！

幸好你的舌头上没有老茧。

好了，好了，别开玩笑。

你没有说要烧软一些。我记得很清楚。你说的是：不要辣。

那又怎么样呢？

这不一样，约纳斯说，服务员听不懂反话。

但是有人能听懂！

她又让手机在桌子上转陀螺，目光盯着窗外。

啊呀呀……我差点儿……

她的手伸进包里翻找，摸出来一个礼品盒，放在他的面前。他小心翼翼地打开包装。一个玻璃制的小人儿，看上去有点儿像亚洲的僧人。

是达摩，玛丽说。

是吉祥物吗？约纳斯问。他拿起小人儿，小心地把它夹在手指上转动。

她点点头。这个小人儿是佛教的一位僧人，我忘记他的名字了，但是我可以查出来，是一位有名的禅师。他没有眼皮，因为他有一次在坐禅时睡着了，于是一怒之下，竟然割掉了自己的眼皮。

这家伙太极端！

我希望你一直这么走运，不会上错飞机。

约纳斯把盘子推到旁边，还剩下一半没吃完。玛丽的目光再次落到窗外。约纳斯看着她的侧影。她看上去有些憔悴。

阿伯克怎么个怪法？他问。

他……他好像变了。他好像每天都在变，在变成另外一个人，一个完全不一样的人，但是又拿不定主意究竟要变成什么样的人。不过他看来不想变成我喜欢的人。

这听起来是有些怪，你在担心他吗？

我在为自己担心！附带着为他担心。但我最担心的是萨沙。爸爸正在经历一场迷幻般的变形，妈妈在和另一个男人搞外遇，长此以往，对孩子肯定不好。

你和我睡觉，小家伙不会知道吧。

但是这样我的爱匀给他的就不多了。我这样是不是不对？这样对阿伯克是不是也不对？对你也不对？

她丝毫不在意旁边的客人和服务员，把腿蜷起来靠在胸前，用膝盖抵住下巴，拿餐巾擦拭着眼睛。约纳斯坐到她的身边，把她拥在怀里。

你什么也没做错，他对她说。你从我这儿得到的，只会让你变得更加强大，而不会剥夺其他人的任何东西，就像我从你这儿得到的，只会让我变得更加强大，而不会剥夺我孩子的任何东西。我越来越有活力，我的生活因为有了你，所以才是值得托付的。

周围的人朝他们投递过来会心的眼神。约纳斯浅浅地吻了一下玛丽的耳朵。

这就是你的问题？他问。

不，约纳斯，我的问题是，我想和你在一起生活，但是又做不到。

他握住她的手臂。为什么？为什么做不到？

因为我有一个孩子！因为这样不行！

萨沙不会是这个世界上唯一出自离异家庭的孩子，并不是每一个离异家庭的孩子将来都会变成吸毒成瘾的罪犯！

她低着的头开始有节奏地抽动，约纳斯听见她的喉咙里冒出一种异样的声响。他还从来没见过她这样。他沉默了。他紧紧抱住她，直到她抬起头，坐直身体，喝了一口水。约纳斯从她身上抽回自己的手臂。

她向服务员挥手。约纳斯看着她的侧面。这种姿势，这种眼神，除了她，还有谁在哭泣的时候仍能以一种不把一切放在眼里的态度面对他人。服务员怎么看她的，她全然不放在心上。她的烦恼就是她的烦恼，她就是她。

她掏出钱包。服务员漫不经心地点了一下头，走了。

我来付账，约纳斯说。

既然我已经抱怨过我必须挣钱，那我就不能让你为我付账。明白我的意思吗？

我承认，这是原则。

不错，是原则。

我也有一句话要告诉你。

不要说，约纳斯。

不要说？

让我来说。

你知道是什么？

我爱你，她说。

约纳斯有些狼狈地扭转过头，微笑，微笑，微笑着。

不要我说？他问，但是我很想说。

那就说吧，对这儿说，对我的耳朵说。

17

　　同事们大部分已经休完假回来上班了。他们聊假日传闻，哼唱夏季流行歌，兴致由白葡萄酒转到朗姆酒，公司的噪音分贝急剧升高。大家没有什么业务可做，因为公司丢了几个大单，这其中的原因有相当一部分在于过去的几个月，员工的积极性下降了很多。沃尔夫一休假，公司里就几乎没人干活儿。不断有同事找约纳斯，想听听他的投资建议。他的建议只赚不亏。他自己买的股票已经大幅度上涨，他已经有能力再认购新的股票了。

　　他总是提前下班，接上孩子，或带他们去公园，或开车出城，带着被子、床垫和装满干粮的冷藏袋，和幼儿园小朋友无聊的爸爸妈妈们一起，躺在牧场的草地上，看奶牛吃草。孩子们则在一边对蚂蚁窝发动袭击，玩火焚烧树林。伊丽娜偶尔晚上会来一下,他随便找点什么事和她一起打发时间。他和海克托对着泥巴做的鸽子打枪玩,结果赢了海克托的老式瓦芬牌自行车。他带乔伊去了一次卡拉 ok 歌厅,约纳斯挺喜欢唱歌,大家在一起玩得也很开心,但是轮到乔伊上场就不一样了,他拿民谣当重金属,在舞台上尖声嚎叫,最后竟然泪流满面,弄得约纳斯不得不拉着他的手,把他拽下来。

和玛丽开房。和尼娜泡酒吧,和维尔纳看车展,和安娜在林中漫步,她衰弱不堪,他心力交瘁。他还独自一人去法院听了一次庭审,纯粹出于好奇。

18

尼娜有些不舒服,他先开车把她送回家,然后自己漫无目的地在城里来回乱转。他打电话给伊丽娜,孩子们在她那儿一切正常。打电话给安娜,她不接电话。他电话留言,说自己可能还要在路上耽搁一会儿,有事给他打电话。他给玛丽发了一条短信。他知道晚上发短信很危险,但是他还是控制不住。好吗?他写道,想你。

还行。躺在床上,迷迷糊糊。在考虑,考虑我和你。

收音机里在放一首他喜欢的歌。他看到右面一家超市停车场的栏杆没有放下来,于是拐进去停下,把收音机音量调大。

他想象玛丽的样子,她躺在床上,躺在他和她睡过的床上,那个因为只见过照片未见过真人所以觉得像幽灵一般的阿伯克，悄无声息地溜进房间，萨沙在咳嗽，玛丽从床上起身，走进一个房间，可能是客厅，也可能是厨房，冲了一杯茶。他看见了她的手，看见了她抓东西的动作，修剪得很圆滑的指甲，手背上的胎记，优雅的手指，手腕上略显夸张的手表。他看见了她的脸庞，刚绽露了一丝微笑又掠过了些许不快，因为有什么东西掉在了地上，她不得不把地擦干净。他看见了她的眼睛，还看见她倚在墙上，在喝茶，在发呆。他看见她走进客厅，关上电视，坐在阿伯克的身旁。

他们两个做爱吗？肯定。经常吗？他不知道，也不想知道。他和玛丽有约定，这个话题不能谈。有一次他刚刚开口，玛丽就回应道：我能怎么办？他毕竟是我的丈夫！我也需要性！自那以后，约纳斯就再也不提这方面的问题了。

歌声渐渐低下去。约纳斯把头靠在门框上，看着仪表盘上的灯光，再看看夜色中的停车场。他在手机键盘上敲了几个字。随即又无奈地把手机扔在副驾驶的座位上。

父亲家门口又摞了一堆广告。他用脚把广告从门垫上踢开。门必须用力才能推开，里面的广告也堆成了山。他跋涉过广告和宣传页，朝电话机走去。没有人留言，他上次来过后，甚至连电话都没有。

空气中有发酵的气味。他搜寻气味的来源，打开餐厅的灯。是苹果，有几个苹果烂了。他从橱子里找出一个塑料袋——他在房间里闭着眼睛都能找到想要的东西。他把烂苹果扔进袋子，放到门口。

他走过黑乎乎的房间，那次后就再也没有人来过，他那次触碰过的东西，再也没有人触碰过。他还能摸出来哪些是他上次丢下来的东西。

他父亲的房子。母亲以前也在这里生活过。还有他自己。现在这里变成了一座博物馆，一段封冻的时光。

他在阳台的晾衣绳上取下一件衣服，是楼上邻居家掉下来的，手一松，又让它往楼下飘去。这次和上次不同，这次天气很好，空气中弥漫着一股木炭和烧烤的味道。阳台的地砖上散落的全是鸽子的羽毛，估计桌子底下有这些小东西搭的窝，有几只还站在屋檐上咕咕叫。

电话响了。

约纳斯紧闭双眼，让思绪延伸开去，一直延伸到了一片海滩。他给维尔纳和维克托各发了一条短信：还在路上？电话又响了。约纳斯的脸上浮现出一丝邪笑。电话不响了，他在等。电话不响了。

老老实实地躺在床上，维尔纳回复道。

新气象，约纳斯回道。

今天没指望了，刚和那个不可理喻的女人吵了一架，海克托回复道。

我在克制自己不发表评论，约纳斯回道。

他走进卧室，猛地一阵头晕，父亲的气味太浓烈了，一种令人压抑的沉甸甸的汗水的味道、人的味道和久远年代的味道。仔细分析一下，这不是父亲一个人的气味，而是父母两个人的气味，还有更多其他的气味。

电话铃再一次响起。约纳斯有一种感觉，电话机是热乎的、沉重的。

房间暖和吗？

赶快回去！约纳斯说。

淋浴能用吗？

19

再这样下去我要疯了。我有一种感觉，我兼顾不了那么多的身份，我的意思是，我没有能力恰到好处地兼顾那么多的身份。我是萨沙的妈妈，是阿伯克的妻子，我是父母的女儿，是姐姐，是女友，是女职员，我是你的情人，但是我也是我自己，而恰恰在这一点上我做得太少！对我来讲我首先是萨沙的母亲、你的情人，而其他的身份，也包括我自己的身份，我做得都远远不够，因为这两个身份对我的要求最多，对我的牵扯也最多（在作为你的情人的身份上，我指的不是时间）。千万不要误解我，不要有错误的理解：当你的情人，我觉得非常美好！但是我应该怎么去当你的情人？在这里，在我的生活中，在我的住处，没有足够的地方和余地去当你的情人。我知道，这让你感到很纠结,我知道,这也让我感到很纠结。没有一天晚上我不在逃离现实,幻想如果睡在我身边的男人是你,如果衣橱里全是你的东西,那该是多么地美好。但是我身边已经有人了,衣橱里没有属于你的地方,为什么,因为我身旁的这个人不是随便一个可有可无的人,也许我已经不像从前那样爱他了,也许我们之间出现了这样或那样的问题,也许情况已经发生了变化,但是不管怎么说,他是我的丈夫。你听好了,尽管有种种问题,但是我们和萨沙三个人构成了一个整体,我想给这个整体一个机会,在没有外部因素干扰的……不对,不对,你不是外部干扰因素,你是约纳斯,不过……我生活中已经有的这些东西,在约纳斯之前就已经存在了,我必须……必须弄清楚,我生活中还会有什么。唉,我什么都不知道。我真的很想知道,如果下一次我、阿伯克、萨沙,我们三人在朋友的森林小屋中过夜,会发生什么,那里很怡情,很有田园风光的感觉,我非常喜欢那里。也许在那里,我对自己能有更多的了解。因为当日子不好过的时候,我们可能不大会去怀念那些所爱的东西,只有在幸福的时刻才会这样。听上去像说教式的格言,但的确如此。

是的,我们应当经常在一起,但是我害怕。每次我和你在一起,都意味着我的生活又失去了一点,失去了安全感,失去了我自己。

萨沙。这就是回答。我要承担责任。我没有权利……你想把这叫作分手?那好吧,姑且就叫分手吧。但是这实际上不是分手！是暂时性的后退。我不会放弃联系，虽然我的一部分非常想这么做，但是我不能这么做！而且我也不喜欢这么做！如果从内心深处来说，我想做的是完全相反的事。请相信我。当然，这只是说说而已。其实我自己根本不知道我能做什么，不能做什么，这一点我一定要弄清楚。如果到最后我发现，你就是我今生今世永远的需要，如果我带上我的孩子，投奔到你的身边，如果那个时候发现，这样做等于失去了你，那，唉，那我也就只能听天由命了。

20

你有什么地方不对劲吗？尼娜问。她把腿搭在他的躺椅上晒太阳，脚指头在他的大腿上滑动。

我？约纳斯说，我一切都很对劲！

我看也是！

约纳斯向后靠在摇摇晃晃咯吱作响的躺椅上，双手交叉放在后脑勺，目光在其他游客身上扫来扫去。风吹走了装糖的空袋子，卷起了烟灰缸里的烟灰，将头发吹得竖起来，掀得报纸一页一页狂翻。空气炎热，山顶上乌云低垂。

你认为我们今年还会有很多项目吗？尼娜问。

有当然更好，但是说实话，我不知道。

她用赤裸的脚戳戳他的肋骨。告诉我，究竟发生了什么？

没有，什么也没有。

我们俩该去一次格罗格酒吧了。明天怎么样？

听名字我就烦了！他说，我不可能和你到那儿去。

他把一张钞票压在烟灰缸下。帮我付一下钱，麻烦了。

我和你一块儿走，她大声说。

我还不知道我要去哪儿。

没关系，你到哪儿我就跟哪儿。

明天见，尼娜。

他选了最短的一条路，径直朝城外开去。出城后，他路过第一个停车场，正准备停车时，看见一个越野徒步者牵着狗迎面走来，于是他没有熄火停车。开了大约一刻钟后，他随便拐进一条通往山上的道路。继续开了几公里，道路开始变得陡峭，崎岖，满是尘土，CD 机都被颠得放不出音乐来了。道路的尽头是一条登山小道。四处看不见一辆汽车，压根儿就没有一丝人类文明的踪迹，于是约纳斯走下了车。

这里的气温明显比城里低。风很大，一阵阵地掀弄他的衣衫。空气中有一股森林的气息，能闻到不知名的灌木、蘑菇、苔藓和雨水的气味。远方传来隆隆的雷声，并不可怕，反倒让人感到几分亲切。

约纳斯双手插在口袋里，吮吸着颤栗的空气。他眯缝起眼睛，观赏头顶上飘过的云团，它们不断翻滚，柔软中透射出力量。忽然，他的内心涌起一阵强烈的冲动，他决定要往山上爬，沿着那条崎岖的小路一直向上攀登。

小路一开始非常陡峭。他经过一座已经坍塌的粮仓，又经过一座违法垃圾场，里面堆满了冰箱和洗衣机。走着走着，小路消失在一块平地上，在一片林子后面变成了一条羊肠小道，围着山体蜿蜒向上，一直通到山的顶端。小道时宽时窄，只能容下一个人的位置，攀登时要格外小心，因为旁边就是陡峭的悬崖。

在这个杳无人烟的地方，约纳斯在树林里停下脚步。玛丽，和玛丽一块儿到这儿来，这是他此时此刻最大的愿望。可她此时不能和他在一起，这令他有些心烦意乱。这个时候不应当给她发短信，但是他内心的欲望太强烈了。

我爱你爱你爱你。

然而没有信号。他高举手机，往左边晃晃，往右边晃晃，没有用。他爆发出一声长长的吼叫，充满了野性。等到回音在山谷中消失后，他继续往前走，此时云团已变得越来越黑，越来越厚。

小道在前面有一个弯，约纳斯看见了一些人影，有三个人，在前方大约三四百米处。他的第一反应是转身离开，但是他的腿却在继续向前迈，他对自己的腿深感诧异。

那三个人好像在吵架，手在比划着什么。一个男人在劝阻另外一个男人，不让他朝那个女人扑去。这是从约纳斯的视角来看的情形。约纳斯不想让自己卷进去。但是他没有选择，因为他的腿不听自己使唤。

那个被劝阻的男人把劝他的男人推到一边，结结实实地扇了那女人一个耳光。女人踉跄了几步。另外一个男人看样子在指责打人的男人，但动作还算和气。怎么偏偏在这个时候！约纳斯想，这演的是哪出戏呀？

他往后看看，又往前看看。从他们身边走过去？不，不能这样。那个女人需要帮助。

喂！他喊道，喂！

他们没有听见。

小道一直向上延伸，他尽量控制自己不往悬崖下面看。虽然云团笼罩山头，山色越来越暗，但是越是走近他们，他们的衣服就变得越发显眼。除了在一些年代剧里，他还从来没有见过有人这样穿衣服。两个男人的衣服和裤子十分肥大，而且是斜着裁剪的，女人的裙子和上衣也同样如此，头上还戴了一个头巾。看他们的样子，好像是某个反映农村历史题材电影中的一帮角色。

他和他们打招呼。他们不搭理他。他们在相互咆哮。尽管距离已经相当近了，但是约纳斯仍然听不见他们在嚷什么。突然，女人挣脱了那个扇她耳光的大个子男人，朝山上跑去。两个男人跟在后面追。几乎就在同一瞬间，闪电划过，雷声大作。约纳斯突然感到胸腔里有一阵烧灼感。惊吓过后，他继续往上走去。他战战兢兢地通过了一处险要的隘口。后面的路变得宽了一些。

那三个人又停下了。刚才还保护女人的那个小个子男人现在开始殴打那个女人。约纳斯非常愤怒，他使出全力高声叫喊，不停地喊着，但是他们听不见他。

在距离那三人五十米开外的地方，他实在忍受不了胸部的疼痛，于是放缓了脚步。他上气不接下气地朝他们喊叫。但是他们没有反应。闪电刚刚划过，几乎是在同一时刻，雷声也滚滚而来。约纳斯试图将周围巨大的自然力量置之度外。但是他隐隐意识到，自己身处的环境十分危险，应当扔掉钥匙，解开皮带，趴在地上。

他和三个人的距离越靠越近，这个时候他发现，最不同寻常的还不是他们的衣着，而是他们给人一种幽灵的感觉，他们的身体是透明的。虽然脸、身体、腿，这些身体上的一切部位看上去都实实在在，但同时却又不可思议地令人感到他们的一切都是透明的。

他有些怯步。他们周围笼罩着一层光彩。他在想，是雷雨的缘故，还是我的精神出现了幻觉？

女人又被殴打了，这次是两个男人一块儿动的手，而且比前几次都更加残暴。他看见女人的头被打得歪向了一边，连忙大声喊道：喂！喂！

女人拼命挣扎，朝山上跑去。往我这儿跑！往我这儿跑！他喊道。但是女人以一种不顾死活的速度，拼命向山顶奔去。两个男人继续在后面追。约纳斯不敢跑了，但是他拼命克制自己，让视线只往前看，不让周围的峭壁把自己拖入深谷之中。

越跑越高，光线越来越暗，雷声也越来越大，越来越凶险。

闪电划过一个个之字,但是却没有一滴雨点落下。他们冲过小路。这里已经下过雨了,地面显得十分湿重。约纳斯有些目眩,牙齿在咯咯打颤。但他全然不顾胸部的刺痛,继续跟着那三人朝山顶攀爬,而且速度比以往爬任何一座山都要快。他的脚步蕴藏了一种前所未有、实实在在的超人的力量。他知道,如果能抓住那两个男人,他一定能用这种超人的力量惩罚他们,也一定能用这种超人的力量保护那个女人。与此同时他也意识到,在他和他们之间存在着一种东西,比他超人的力量还要强大。他喊,他叫。他知道,他这么做,不仅仅是为了那个女人,也是为了自己。此时此刻所发生的一切,不管原因是什么,也不管是怎么发生的,肯定和自己有关系。

女人脚下绊了一下。两个男人一下子便追了上去。个子高一些的男人用拳头揍她的脸,个子小一些的男人用脚踢她的身体。住手!约纳斯喊道,住手!

他加速向前奔跑。就在他确信自己就要追上他们,并且计划好先从背后袭击大个子,然后再料理小个子时,他在一块湿滑的石头上滑了一下,摔倒了。等他站起身后,那个女人又向前逃了一段。三个人又把他甩下了一截。一阵炸雷盖住了他愤怒的叫喊,声音震耳欲聋,仿佛整个世界在他头顶上炸开了。

他眼睁睁地看着他们向前跑。他跑不动了,放弃了。

但是他的腿还在机械地动着。当他发现自己仍然在和狂风抗争时,他发出了绝望的笑声。他的一只运动鞋陷在了烂泥里,刚用力拔出来,另外一只又陷了进去,他失去了更多的时间。

前面那三个人在山上奔跑，矫健如山羊。他们就像电影中的精灵，在山石间窜来窜去。他则拼命地跟在他们的下面。雷声滚滚。就在离他几米远的地方，一道闪电钻入地下，把他掀翻在地。他的心跳停止了，接着又毫无节奏地跳了起来。他站起身，高喊：上帝呀！我的上帝呀！

在快要到达山顶的一瞬间，其中一个男的抓住了女人的头发，把她拽了下来，甩到一块岩石上。女人躺在地上。男人在无声地冲着她喊叫。另外一个男人站在一边，双手叉腰，脸部因愤怒而走形。

最后一段距离约纳斯是慢慢走过去的。在距离三人几米远的地方，他停住脚步，弓下身，大口喘着粗气，头在剧烈地疼痛，喉咙火烧一般地难受，他的裤子被撕破了，膝盖在淌血。他的心脏在怦怦地急剧跳动，不过已经恢复了节奏。他大声地咳嗽。闻到一股硫磺的味道。他感觉到了空气中充斥的电流，但是他已经全然不怕了。他看着眼前这三个农民装束的透明人，看着男人脸上的愤怒、女人脸上的恐惧，但是他听不见他们的说话声，传入耳际的唯有雷声、呼呼声、风声。

我为什么在这里？他问他们。为什么我会碰见你们？

两个男人把女人赶进一个岩窟里，她无路可逃了。他们不再殴打她。女人半躺在地上，半靠在岩石上。虽然她的脸上布满了鲜血，但还是能依稀辨认出她的美貌。她的神情是那种很自然的、不是故作出来的高傲，只有经过训练、知道如何遇事不乱的人才能摆出这种表情。但恰恰是这种表情令他感到撕心裂肺的痛楚，因为就在刚才这段时间，他已经把这个女人看成了自己的知己，为什么会有这种感觉，他无法解释，至少到目前为止，他还找不到解释。

他认识她。他熟悉这种眼神。他熟悉这颗心灵。但是面对眼前的一切，他什么能耐也没有，只能任凭闪电在自己的上下、左右、前后划破山岗的黑暗，只能只身站在这无雨的恶劣天气中，注视着这三个透明的人，默默地祈求。

他隐约感觉到手机不在包里。在哪儿丢的已经无所谓了。四周一片死寂。

一种被丢弃的感觉，一种任人宰割的感觉。

在这个女人面前，他是那样地弱小。在这些不可思议的秘密面前，他同样是那样地弱小。

她的目光触及到了他。在她眼神惊闪的一瞬间，他看出来了，她的目光在这一秒钟捕捉到了他。她看见他了，到此还没有结束，她认出了他，就像他认出她一样。在那个大个子扑向她，掐住她的脖子，把她往下按之前的那一瞬间，她朝他抛来了一个眼神，这是一个超越时空、发自内心、令人心感慰藉的眼神。

约纳斯在悬崖边上找了一块石头坐下。他低着头在地上画了一些符号。他不知道自己在这块石头上坐了多长时间。当他站起身时，那三个人已经不见了。

他走向那个岩窟，里面没有丝毫打斗过的痕迹。不过他也没有期望能找到痕迹。

他开始脱衣服，脱得一丝不挂。他站立在那里。走到一块凌空的岩石上，下面便是万丈深渊。太阳不知何时露了出来，但是他仍然感到冷。他注视着嶙嶙岩石上自己的双脚，向下观望光秃秃的岩壁。深谷中，有雾气在树间缭绕。一只苍鹰在峡谷的上方盘旋，不断重复着同一个圈，不断重复同一个方向，逆时针的方向。远方仍然还有微弱的雷声。

这个时候他想起来，托姆和克里斯还在幼儿园等着他去接。

他转过身，把一部分衣服披在肩上，一部分拿在手上，正准备走，忽然岩窟的壁上有东西引起了他的注意，那是一行字，一行刻在岩壁上的字：

PRINCIPIVM DEVS AFTERNVS

FINISQVE BEATVS

21

不洗头，直接剪。

不洗头？

也不要喷水。

一个身材瘦削、胸部扁平的金发女子围着他走来走去，按照他的要求给他剪头发。他坐在座位上，一再强压着欲望，不让自己把手机掏出来——他多么想看看玛丽有没有给他发短信。他对着镜子，关注自己变化的过程。但他又努力克制自己，不要老去看镜子。

在幼儿园，保育员趁托姆和克里斯还没有看见他，把他拉到一边。

你的两个孩子最近几天攻击性太强，保育员用一种自以为是专家的口气说。约纳斯对这种口气很敏感。他们动手动脚，还吐口水！克里斯今天还把一个女孩子给咬了！

这很不寻常吗？

你不觉得吗？

我不知道。我会注意的。我会和他们谈的。

光谈可能不够吧，保育员说。

你什么意思？

他必须提高嗓门说话，因为另外一个保育员坐在一个小凳子上，在弹吉他，她的脚上还套了一个铃鼓，发出沙沙的响声。她唱歌的声音有几分甜蜜，也有几分快乐。他对面的那个女人则在用谨慎的目光打量他。

从前不久开始，托姆总是拉在裤子里，是故意的，这事你肯定已经注意到了……

那是自然，因为他下午穿的衣服不是我早晨给他穿的那套。

他这么做是故意的！

你那么肯定？那好吧，你有什么办法？

我可以给你推荐两个康复师。他们可以和孩子谈谈，了解一下情况，然后你可以听听他们的想法和建议。试一次总归是值得的！

把地址给我。没等约纳斯把话说完，托姆和克里斯就跳到了他的身上，把全部的重量吊挂在他的衬衫上。

你变样了！托姆嚷嚷道。

你的头发变少了！克里斯嚷嚷道。

我理发了。我给你们准备了一个惊喜！

我也要头发变样！

如果你想变样，我今晚在家给你剪。但现在是意外的惊喜！

肯定是礼物！

肯定是远足！

噗噗噗噗……是托姆的声音。

噗噗噗噗……是克里斯的声音。我要头发今天变样！

汽车摇摇晃晃拐进一条田野小道。前面有一辆小货车等候在那里，四个男人站在车旁，有人在抽烟，他们相互不说话。

是海盗吗？

为什么是海盗？

那人有头巾！

一个大胡子朝他们走来，粗大的双手长满了毛，但是握起来挺软和。约纳斯从声音能听出来，他是和这人通的电话。大胡子在草地上双膝跪下，向孩子说出自己的名字：卡罗。孩子们开始有些羞答答地躲在约纳斯的腿后面看，不敢握手。这个卡罗嘴角上有块疤，耳朵上有耳环，头巾下露出一绺灰色的长发，他先是给孩子们玩了一个变硬币的魔术，然后掏出几块口香糖。

你经常带孩子们玩儿吗？约纳斯问。

对大部分孩子我要向他们说明，我肯定会把爸爸妈妈还给他们的。顺便说一句，口香糖是药，防龋齿的。我们按照你的请求，东西还没有组装。

什么？托姆和克里斯拽着约纳斯的裤子，你们在干什么？

什么地方他们既不碍事儿，同时又能看到组装的过程？

一个外国助手走过来把孩子带到旁边，那里已经准备好了玩具。托姆和克里斯挣脱他的手，围着小货车又是蹦又是跳。约纳斯不得不发火，他们才回到自己的地方。他们把草坪踩出了很多坑，在沙坑里相互撒沙子，跳上跳下，尖声叫喊。那几个男人一边笑，一边抚摸他们的头，还不时地做鬼脸。

大人从小货车上搬下来吊篮和折叠起来的气囊。卡罗在调试燃烧器，几个助手在草坪上摊开气囊。

是气球！托姆喊道。我见过一次。

一个大气球！克里斯喊道。

一个热气球，约纳斯说。

一个热气球！托姆喊道。那个人坐它飞走吗？

卡罗摆弄了一会儿气瓶，然后点火。助手撑开气囊，让热气流进去。约纳斯带领两个孩子发出欢快的呼喊，但是孩子的欢呼很快就变成了迫不及待的嚎叫。约纳斯从车上拿了一些柠檬汽水，打发孩子们安静下来，一直到热气球像模像样地可以飞起来。有很多汽车停在附近，大家都想看看热闹。约纳斯用带子把背包固定在自己的腰上。

气囊在草坪上越鼓越大。助手们相互用外语传递命令。燃烧器喷吐出均匀的呼呼声。卡罗给约纳斯发出信号,可以上吊篮了。约纳斯把汽车钥匙扔给一个助手。

它马上就飞起来了!托姆喊道。

还不能让它飞!首先要让我们上吊篮!啊,我想起来了,你们不行,你们太小了!

我们不小!我们不小!

卡罗,你的意见呢?允许我们一块儿飞吗?我是说我们大家?

孩子们敢上我的热气球吗?

敢上!敢上!

吊篮慢慢竖立起来。两个助手用手固定住吊篮。卡罗做了一个手势,约纳斯娴熟地把孩子抱进吊篮。他十分清楚,如果在此时刮来一阵强风,把热气球连同吊篮一起吹起来,会有什么样的后果。他本能地死死抓住一根连接吊篮和气囊的绳索。托姆和克里斯似乎也有这种预感,他们的脸上露出将信将疑的表情,只几秒钟的工夫,他们的表情便转为了恐惧。

卡罗!约纳斯一边喊,一边用下巴朝孩子们的方向示意了一下。

气球驾驶员明白!上!

约纳斯跳进吊篮。卡罗朝一个男人打了一个手势,那人立即拎着一个背包、几根绳索、几个锁扣,和两个小凳子朝吊篮跑过来,把东西扔进了进去。卡罗大声发令。吊篮发出咯咯的声响，旋即升离地面。刚刚升起来十几厘米，那几个手臂上青筋突显的助手立即用力往下拉。

爸爸！克里斯尖声喊道。

坐下！卡罗大声命令，也登上吊篮。

他很利索地用绳索和锁扣把托姆和克里斯固定在吊篮壁上，把小凳子垫在孩子的脚下，这样他们就可以很轻松地从吊篮边缘往外看。过了几秒钟，助手松开吊篮。约纳斯顿时感觉到内脏悬空了。

祝安全起飞！祝安全着陆！助手们齐声叫喊。

真正等到升空了，孩子们反倒不害怕了。他们朝迅速变小的助手们挥手，激动地大声叫喊。约纳斯不得不提醒他们不要那么撒野，因为他觉得在卡罗面前这样不大像样。但是卡罗只是在笑。

孩子就是孩子，他说。现在，大家一起朝下吐口水！

什么？

朝下吐口水！会带来福气！

真的要吐口水吗？托姆脸上露出怪怪的笑容，小脖子扭来扭去，看一下卡罗，又看一下约纳斯。

卡罗这么说自然有他的道理，他是机长！

朝下吐口水！卡罗发出命令。一边吐一边许愿！

托姆和克里斯看着约纳斯，眼神充满了期待。约纳斯紧闭双眼，朝下吐了一口口水。

你的愿望是什么？

许愿是不能说出来的,否则就实现不了了。你们还等什么? 平常你们的口水多得像骆驼。

孩子们笑了。托姆吐了一口,转身对约纳斯说,我希望你……

不许说!

我希望你亲我一下!

嗯,这个愿望肯定可以实现!

约纳斯把嘴唇贴在托姆软软的脸蛋上。他闻到了一丝由皮肤、汽水和口香糖混合而成的柔柔的、细腻的、香甜的味道,他紧紧抱住孩子,他为自己的两个儿子感到骄傲,他们真的很有勇气。

克里斯以为每吐一口口水都可以实现一个新的愿望,于是站在吊篮边不停地往下吐。

我也要!我也要!

克里斯的要求很急迫,约纳斯却还是缓缓地将他的身体扭转过来,然后也紧紧抱住他。虽然有一种说不清道不明的恐惧感悬浮在他的身旁或头顶,但他还是强迫自己把这一切感受为幸福。

燃烧器在呼呼地往上喷着火焰。见约纳斯从口袋里掏出照相机,两个孩子不需要提醒,就自行摆出姿势,把脸部表情做成他们自以为是微笑的怪脸。约纳斯给孩子们拍了一张,给卡罗也拍了一张,然后又拍了一些风景照。两个孩子都有些冷了,他们顺从地让大人给他们披上外衣。

他们越飞越高,吊篮里越来越安静。过了大约半个小时,唯一能听到的声音只有火苗发出的噼啪声。约纳斯望着下面的农田、草地和延伸进森林的住宅区。不时能看到变得很小的汽车在下面驶过。他感到了松弛带来的倦怠。

我们往哪儿飞？托姆问。

不知道，约纳斯说。我们先飞一会儿看看，然后但愿能在卡罗的朋友用车接我们的地方着陆。

到底往哪儿？

托姆，我们随便飞飞，没有目的，就像散步一样。

我们飞去找妈妈？

托姆……

克里斯哭了。我们飞到妈妈那里去？他朝下吐了一口口水。我希望能飞到妈妈那里去。

约纳斯不知如何是好地举起双臂。卡罗站在一旁，一会儿看看托姆，一会儿看看克里斯。

妈妈在上面，是外公说的！我们往上飞吗？去看她吗？

不，孩子们，你们听好了，约纳斯坚定地说，我们不去看她。她也不在上面。外公有时会骗人。

不！她在上面！

不在上面，托姆！

那她在什么地方？

我说不清楚。

她在上面！我要去看她！

卡罗插话了。

我的小朋友们，我是资格最老的热气球驾驶员，自从我驾驶热气球以来，我还从来没有在上面遇见过人。我飞到过很高的地方！往上看！你们能看到多高，我就飞到过多高。但是我要说，那个上面没有人。

那我的妈妈在什么地方呢？

这个我不知道，也没人知道。我只知道，她不在我们要飞去的那个地方。她在的地方。没人能飞过去，包括我也不行。

卡罗开始分发热气球纪念糖果和帽子。约纳斯没有想到还有礼物。孩子们倒是很快就安静下来了。

你飞到过最上面的地方？托姆一边问，眼睛一边往高处望。

你能看多高，我就飞到过多高。

你到过月亮吗？

很多次，卡罗点头说。

你到过太阳吗？克里斯大声问。

很多次！

约纳斯再次把目光投向下面的远方。有一瞬间，他感到一丝眩晕。风吹拂着他的头发，吊篮发出咯咯的声响，燃烧器不时地往上喷射火焰。约纳斯浏览了一遍手机短信。有安娜的短信，说想和他见面。约纳斯让卡罗用手机给自己拍了一张照片，照片上有燃烧器，而且能看出来他们目前正飞翔在什么样的高度，然后他把照片发给安娜。

两个孩子在为地面上的东西究竟是教堂、粮仓、汽车，还是风筝不停地争执。约纳斯站在孩子身后，抚摸他们毛茸茸的头发。

爸爸，人死究竟是怎么回事？我们大家都必须死吗？

你在瞎说什么呢？

如果这个人死了，就会一直往天上飞，就再也回不了家了！

哪个人？是卡罗吗？

我不会死，卡罗说。这是不允许的！

托姆仍然执拗地指着机长。如果他死了，我们怎么办？我们真的会飞上天吗？

我们都必须死吗？克里斯问。

约纳斯习惯性地摸了摸孩子们的头。他的视线越过孩子，朝下方望去。他的视线捕捉到的是农田，上面的线条有小点在移动，还有比他自己年岁还要大的固定点。他眼前的景象开始飞舞。

他感觉到时间在变慢。声音缓缓地进入他的耳际，仿佛被逐渐冻住了一般。说话声在飘散。他身下的高度、周围的空气都已经没有任何意义，在这一秒钟它们近在咫尺，在下一秒钟它们却又遥不可及。

他的头脑里有一个声音在说话，但是他听不懂它在说什么。他看着从上方划过的碧蓝的苍穹，再看看紧贴在眼前的吊篮，过了一会儿，他什么也看不见了。

22

你为什么没有一点儿察觉？安娜问，你在想什么？这事持续了挺长时间，你不可能没有一点儿察觉！

我估计我还是有所察觉的，但是出于某种原因忽略了，再说我自己也不专注。

什么？你对自己的老婆有外遇竟然一点儿都不上心？

我想很多人都有这种情形，这也没有什么特别不可思议的。我想你肯定不愿意听你的医生告诉你，你的身体究竟有什么毛病。

你真的对那个男的一点儿都不气愤？为什么？你为什么用这种奇怪的眼神看我？这是什么眼神？

我说不上来，我看不见我自己。

她在等，但是他不再看她，而是在摆弄啤酒垫，把它对折、撕碎，然后扔进玻璃烟灰缸。

这个地方我不喜欢，她过了一会儿说，我们换个地方？

你不是已经很累了吗？

我没问题。到森林里走一会儿，怎么样？

森林？非常合适。

安娜装作没听见。约纳斯付完钱，跟在她后面，朝一条通往密林的小道走去。林边的树上赫然挂着几块牌子，已经风化，上面写着狂犬病警告。空气中有一股菌类、烂树叶和死水的味道。一只啄木鸟在附近的什么地方啄木头。脚下的树枝发出咔嚓的声响。这里的温度明显比市中心要低,他们穿上外套,并肩走了好一会儿,相互无言。

有的时候我会想,安娜说,死亡是怎么一回事……

闭嘴!别提了!

我要说!我会想象,死了,然后再生,投胎到一个完全陌生的世界,对那个世界我们没有一丝一毫的认识。对那样的世界,能看上一眼该多好。

他什么也没说,于是她继续往下说。

我身体很好,我从不问医生,真的。他们也不会说。我知道我的原因是什么。老是感到疲劳虽然挺烦人的,但是并没有什么痛苦。我干吗要折磨自己?我所能做的很简单,积极思考,然后等待。什么是癌症,癌症是我们人类不能理解的东西,它是来自另外一个世界的东西,另外一个三维空间,就如同甲虫不能理解滴滴涕[1]。啊,快看,多美啊!

树林的右边豁然开朗,变成了一片开阔的草地,红艳艳的虞美人遍地盛开,约纳斯不禁产生了想大吃一顿的欲望。安娜采了几朵花。约纳斯把一朵别在扣眼上,两人继续往前走。

我在上面真的昏了过去,他说,我到现在也不明白是怎么一回事。头晕,眼前发黑,这种事我知道,这种事情时有发生。但是如果你真的失去了意识,这还是挺恐怖的。

去看过医生吗?昏迷的事还是应当去看医生。

---

[1] DDT,一种杀虫剂。

我不去，约纳斯说，我昏了就昏了，至于原因，我不知道。

说不定医生知道呢。说不定你血压低，也说不定缺乏某种物质，或者营养问题，或者血液循环障碍……

我估计是缺乏某种物质。

他从包里取出一份剪报。这个地方很适合我要给你念的东西。

念什么？玛丽的邮件？她问。

星期六，采蘑菇的惊人发现。采蘑菇的人……忽然发现了一具男人的尸体。警察侦查的结果是，这个人脚下绊了一下，头朝下栽到一个水坑里，但是他的脚被卡住了，这个……下面注意听。但是警察不能断定，当动物撕咬他的时候，他是不是还活着，但是估计多半已经死了。

太可怕了！安娜尖叫道，你为什么讲这个给我听？

那个男人看样子是被松鼠咬死的，约纳斯说。

松鼠？为什么是松鼠？不可能是松鼠，肯定是其他……简直不敢想象。你为什么念这个给我听？

我没有全念完。

这就够了！

但是我省略的部分是最关键的！

我不要听！

好吧，他说，那就算了。

在往下走的路上，他把报纸举在安娜的鼻子下面，自己则朝另外一个方向看。

你现在还和夏德在一起？

给我！她大声说道，一把抢过报纸。

她在看，他在等待。

这不可能！

不是不可能，他说。

你认为是他？

我们这儿有多少男人恰好三十二岁，恰好失业，恰好名字也叫金？

23

孩子们同丽娅和弗兰克进山已经一个星期了，他们打算再待一个星期。约纳斯叠起玛丽留下的浴巾，拍打枕头，从托姆的床下勾出一个布熊，还发现了一个发了霉的可可瓶子。他嗅着玛丽的睡衣，忽然很想给她打电话，但是已经很晚了。

他整理了在冲印店下班前一分钟取出来的照片，和往常一样，挑出了最好的放在影集里，剩下来的放在盒子里。他自己的大头像则和其他每个月1号拍的照片摞在一起。

随后，他摘下窗帘，放进洗衣机，又是吸，又是擦，拍打地毯，把强力清洁剂倒入下水口，擦干净两扇窗户。然后他喝了一杯热牛奶，躺在床上，翻看乱放的杂志。他忽然产生了一个念头，可以按发行日期把杂志分成前后两类：海伦去世前和去世后，认识玛丽前和认识后。他把小禅师拿在手上把玩着。

他一会儿翻到这一侧，一会儿翻到另一侧，没有丝毫的倦意。

这一天的夜晚是最近一段时间以来最沉闷的。他听见远方有发动机的嘈杂声,但是辨认不出来是汽车、电锯,还是割草机。街上没有行人。他信步朝森林走去。到了林边上,他停住了脚步,四下里漆黑一片,没有星星,他没有带手电筒。

他转过身,背对黑墙一般的树林,找了个树桩坐了下来。蛐蛐在唧唧鸣叫,猫头鹰在呼唤。不时有树叶随风飘落。约纳斯在看存储的短信,看到有趣的笑一下,没趣的则一声叹息。可惜没趣的要远远多于有趣的。他把手机放进口袋。

坐着坐着,他回想起了自己的青年时光。有一次他点燃了自己的头发,足足等了好一会儿才把火灭掉。直到今天他还能清晰地回忆起围观人眼神中的那种惊讶,他当时觉得那种惊讶的目光很滑稽。在荒诞中寻找感激和宽容。有的时候他的确找到了,但是很少。

担心这样下去会累睡着,他朝进城的方向走去。四周只有自己鞋底踩踏在沥青路面的声音。他经过了一个游泳池,和一座教堂。他和一对咻咻笑个不停的醉酒男女擦肩而过。然后走过进城的主干道,他发现路上竟然那么空,感到很不可思议。是不是大部分人都还在度假?

他开始变走为跑。自己也不知道为什么。

他越跑越快。

越跑越快,边跑边喊叫。他不知道自己为什么要跑,同样也不知道自己为什么要喊叫。但是越跑,越喊叫,越是有一种奇特的恐惧感在不断地刺激着他。他脖子的部位感到一种悚然,一阵寒意顺着脊梁蔓延全身。但这种感觉却带给他一种享受。他跑，越跑越快，脑子越跑越空。他跑，一边跑一边喊叫，直到脚下绊了一下，翻了个跟头，猛地撞到了一个消防栓上。膝盖瞬间感到一种硬碰硬的疼痛，足足有几秒钟，他喘不过气来。

他侧躺在路上，过了两分钟，三分钟，他开始摸索，好在骨头没有断，但是膝盖和胫骨破了，流了不少血。他笑了。

他躺在地上，仰望渐现鱼肚白的天空。想要寻找人造卫星，但是它们都躲藏了起来。他脱掉T恤，借着路灯的光亮弄干净伤口。又有一对男女走过来，看见他的模样后立即走到街的另一边，一声不吭地往下走。约纳斯正要打电话叫出租车，手往口袋里一摸，发现手机又丢了。

他一瘸一拐地朝他认为是主干道的方向走去，路过出租车站，空的，路过小酒馆，关门，路过派出所，里面没开灯。如果按照这个速度往下走，他一个小时也到不了家。他很想到一户人家按电铃，请人帮他叫一辆出租车，但是他不敢。他还是愿意等，等撞见一个喜欢夜里出来逛的人。

走了大约一刻钟，他看见街对面有一块灯箱，显示的是医院的入口处。过街走了一半，踩到了一泡狗屎。他骂骂咧咧地在草地上蹭鞋子。仅仅往前走了三步，又一脚踩到了一汪冰激凌融化的积水上。他不得不再一次笑出声来。

医院车辆入口处停着好几辆救护车，驾驶员一侧的车门旁边是一堆一堆的烟头。大门口的一个立式烟灰缸已经漫了出来。门房没有人。自动门无声无息地滑向一侧。

有人吗？有人吗？

他按夜间值班铃。没有动静。没有人出现。

有人吗？有人帮忙吗？

他跟着门诊指示牌往前走。门诊部的门前有好几排椅子，但都是空着的，没有一个人。他敲门，走进去。门诊部里面也没有人。他又走出来，走到过道上，看见一个按钮，他不知道这个按钮的用处是什么，也不知道按下去会叫出什么人，但还是按了下去。在一个架子上的拼图卡和图画本之间有一个足球，他用力将球朝过道的尽头踢去，球碰撞出巨大的声响。见这样也没有效果，他扯着嗓子大声喊叫。但声音很快就消失了。

他敲护士办公室的门。门缝是黑的。他扭动门把手。门是锁着的。他一瘸一拐，一扇门一扇门地走。有些房间有灯亮，但是没有人。

他乘电梯上到二楼，在自动售卖机上买了一罐可乐，一口气喝得精光。然后他逐一走过每一间病房。病床都没用过，有些甚至都没有铺，但是有灯光，各个房间都有放药的药盘，给人的感觉是，这里有病人在住院。

三楼和四楼通往房间的安全门全都锁着。他听见有人在笑，有玻璃杯碰撞的咣当声。他又按了一个呼唤按钮。没有人出现。

五楼是手术室。里面的样子看上去像是刚刚进行了一场手术，到处都是带血的布巾和手术器械。无盖的垃圾桶里有手套、口罩和有血污的工作服。空气中有一股刺鼻的消毒药水的味道。他找到了一瓶碘酒，给自己做了医治。

他找了一块临时用的绷带，笨手笨脚地包扎好膝盖和胫骨上的伤口，接着乘电梯上到六楼。咖啡厅的卷帘门是关着的。这里也有一台自动售卖机，机器发出低沉的嗡嗡声。墙上有一幅儿童画：一个长有耳朵的太阳，一块奶酪，上面的每一个小孔都是一张笑呵呵的脸，一个吸尘器，一个正在挥舞镰刀的农民，一根油滋滋的烤香肠。有的房间灯亮着，有的却黑黢黢。只有一间房门是开着的，其他都是关着门或锁着门。

他走进一间房间，打开收音机，躺在一张新铺的床上，按下护士呼唤按钮，等待。三点整，收音机播报消息。他听完新闻，走出房间，没有关收音机。他的鞋底黏黏的，在地板上发出咯吱咯吱的声响。走到走廊上时，他听见有汽车开出去的声音，他赶紧跑到窗口，看见一辆救护车从转运坡台开出，飞速消失在夜色中。

最后一间房间在过道尽头的卫生间旁边。只有洗脸池旁的灯还亮着。七张床是空的，第八张床上躺着一个人。

约纳斯朝这张床走去。床的周围架设的全是显示器。仪器有节奏地发出低沉的滴滴声。设备传出人工的呼吸声音。

喂？

病人全身掩盖在被子下面，看不出男女。一个有血渍的尿袋垂挂在床边。设备上的软管全都通向被子下面。病人什么都看不见，看不见头发，看不见手指，什么都看不见。

喂？

约纳斯很想再走近一点，希望至少能看见病人的病历卡。

但是有什么东西挡住了他。他转过身。房门半开着。

喂？

24

约纳斯和又聋又哑的酒吧老板玩了一局飞镖，然后走到外面。尼娜刚刚打完电话，面前放着一本记录簿。他在她的身后站了一会儿。她的连衣裙缩上去了。在和她打招呼之前，他先肆无忌惮地看了好几秒钟她赤裸的大腿。裙子是黄色的，晚上已经穿过两次了，宽吊带，深领口，脚上穿的是一双黄色的平底鞋。

你在这儿写日记？

不，她说，我有几个问题要问你。可以吗？

你列了一个清单？

一点儿不错，我想好好加工一下这些问题。准备好了吗？

我更希望我们坐在这里，舒舒服服地喝点儿什么，随便聊点儿什么，聊点儿你的家谱、公司的工作，或随便什么。

这个是要聊。现在我们坐在这里，舒舒服服地喝点儿什么，我问，你答。

这不是聊天，这是采访。

不能吗？

他不置可否地摆了一下手。街上有几个年轻人骑着一辆三轮车，嘴里发出怪声怪气的叫喊，其中一个往在路边停放的汽车上喷洒啤酒,弄得路人纷纷躲避。酒吧门口是人们聚集抽烟的地方,门楣上方紫外线灯的电网上,蚊子和其他虫子在毙命的瞬间发出啪啪的声响。

为什么我们对非洲发生的事情会无动于衷?尼娜问。

因为那边的人是黑的。

就那么简单?

就那么简单。

他看着她记录下自己的回答。虽然他很不情愿,但是她十分认真的态度令他受宠若惊。

你相信命中注定吗?

不相信,他说,我坚信没有什么东西是命中注定的,我还坚信,每个人都应当自主地做自己的决定,选择好的还是更好的,愿意还是不愿意过好的生活。

慢点儿,别那么快!

你为什么要记下来?

她没有回答。头埋在记录簿上,一直把句子写完。

为什么有人得艾滋病,有人不得艾滋病?为什么有人腰缠万贯而他的女朋友却病入膏肓?为什么有人不幸,有人却很幸福?

我的天啊,我怎么可能知道呢!

你的看法?

不知道。

你的看法到底是什么?

你为什么认为我会有看法?我怎么可能知道呢?我什么都

不知道。我对大部分问题完全无所谓，原因有两个，第一个，很可悲，以我的智力无法回答它们，第二个，我的回答不会给我带来任何好处。过！

酒吧里很热，空气里渗透着啤酒、汗和湿湿的热气。一个人喝醉了，坐在马桶上做着奇怪的姿势。过了一会儿约纳斯才恍然，那家伙的香烟掉到水沟里了，他想要一根烟，但是他和酒吧老板一样，是个哑巴，估计是老板的朋友。约纳斯在自动售烟机上给他买了整整一盒。醉鬼想表示感谢。但是还没等约纳斯转眼，那家伙就已经一屁股坐在吧台旁边的凳子上，挤在两个哑巴酒鬼中间。他们几个做着夸张的表情，嘴巴发出拉拉的声音，显然是要向他表示他们的感谢之情。酒店老板过来给他解了围，但是却指了指飞镖的靶盘，想邀请他再玩一盘飞镖。约纳斯摇了摇头。他的汗衫热得紧贴在身上，他往门口走去。老板拉长了脸。

里面是聋哑人的聚会地点，约纳斯一边坐一边对尼娜说。

为什么有人不幸，有人却很幸福？尼娜问，为什么？

那好吧，约纳斯说，这个世界很荒唐，让人看不出有什么秩序，但却的确有秩序存在，因此如果有一些荒唐的无聊的事情能够影响一个人，决定他的一生是顺利还是不走运的，我丝毫不会感到奇怪。这些事情我们可能一辈子都想不到。说不定某个人很幽默？于是在冥府会有人告诉我们：祈祷根本没有用处，行善一生根本没有用处。色彩才是最最重要的。如果一个人总是穿浅色的衣服，他就会长寿，有钱，会走运。我实在弄不懂,你为什么要记录这些东西。

假定有时间机器,尼娜说,你可以有三次旅行,每次三天,你会去哪儿?

第一个:1968年的旧金山。第二个:1889年因河畔的布劳瑙。第三个:27年的耶路撒冷。

为什么是这三个?

好玩,义务,兴趣。

什么义务?

嗯,不让小孩变老。

什么是偶然?

偶然吗,他说道,他陶醉于自己思路的敏捷和明晰,偶然就是列侬和麦卡特尼相遇,就是贾格和理查兹小时候在同一个沙坑里玩过沙子。谁知道有多少了不起的天才几乎会碰到偶然,但却在转瞬间擦肩而过,错过了知音,错过了能发掘自己潜力的慧眼,于是现在就在加油站工作了……

你说得太快了,我跟不上,尼娜说,说要点就够了。加油站是怎么回事?

世界上的某个地方,一个女人正在和她的男人睡觉,如果她成了我的女人,我就会在八年前的7月3日的晚上把我的衬衣送去干洗。而不会把这事推迟到第二天去做。

你真这么以为吗?尼娜问。

具体到某一件事上,不会的。具体到我的身上,不会的。但是理论上讲,是的。世界上的某个地方,一个男人正在和他的女人睡觉，如果他成了你的男人……等等等等，以此类推。至于我的不幸嘛，我没有早一点认识一个特别的人。在我们俩各自决定和别人繁衍之前。这个你真的没必要记。

约纳斯访谈录。很好的书名。

肯定会畅销。站起来干什么？

厕所在哪里？

他告诉她路怎么走，提醒她当心吧台上的那些聋哑人。门楣上方，垂死的虫子在紫外线灯上挣扎。约纳斯问服务员，能不能把紫外线灯关掉。

我知道，这玩意儿挺讨人厌，服务员说，但是老板喜欢。

上完厕所回来，尼娜在一张空桌旁，就着烛光看鸡尾酒单，虽然她知道自己的桌子上也有一张酒单。她的短裙很紧身，约纳斯看着她乳房的轮廓、她的腹部和她修长的直腿。这个时候他发现自己坐姿很紧绷，双肩后缩，胸脯前挺。

还没等坐下，她就用手示意了一下他的方向。

你有世界观吗？

这是你清单上的问题，还是你在厕所面壁时想起来的？

你这么说，意思是不是你有一个对世界清晰的认识？

当今世界没有世界观，不过倒是有世界观感，或者说世界图集。现在人们都说世界变小了。瞎扯！彻头彻尾的谬误！世界变得大了许多许多！而且还在不断变大！

他见尼娜的杯子还是满的，便只给自己斟满，然后一口把酒喝干。

你相信上帝吗?

大家都以为我不相信上帝,他说,我只是不相信人。

此话怎讲?

我认为我们正生活在一个计算机仿真的时代。我不喜欢这么想,我的确不喜欢这么想,但是这事值得深思。

这话听起来很有意味。但是是什么意思呢?

意思就是,我们对真实的观念有可能是错误的。我们的宗教概念是一种误解,因为它设置了一个前提,那就是上帝和我们很相像。这个我不相信。我认为我们就是计算机芯片,在我们所说的死亡之后,应当把这些芯片存放在某个柜子里,需要的时候调出来,让以后的人像看电影一样观看我们的人生。但是从根本上来讲,在天外的某个地方存在的是上帝,还是程序员,我都无所谓。人们至多只会追问,是谁编写了程序员的程序。

你说的电影是什么意思?

我们现在看到的是什么?非洲毒贩子在欧洲贩毒。把他的人生快退。卡诺①的童年时光,七兄妹,上不了学。青年时期到了阿布贾②,第一次小偷小摸,第一次坑蒙拐骗,为了女人逃往拉各斯③,然后沿乡村小路到了休达④,过了一年穷困潦倒的生活,乘一艘破船到了西班牙,后来转道到了德国,以贩卖毒品

---

① 尼日利亚第二大城市。
② 尼日利亚首都。
③ 尼日利亚最大城市。
④ 北非港口城市,西班牙的属地。

为生，在一次流浪汉的足球比赛中死于心脏病突发。电影结束，芯片放回橱柜。程序员取出一部新的电影，故事说的是一个犹太女人，1943 年死于特雷津①。下面的电影稍微欢快一些。程序员取了一部棒球运动员的传记电影看，然后是海因里希·施里曼②的传记，然后是一个古罗马大将军的传记电影。也有可能他不是一个人看，也许那个时候有电影院？他喜欢看耶稣、凡·高和爱迪生的电影，轰轰烈烈的爱情片，也喜欢看小人物的电影，如猫王的司机、司机的女邻居，他有什么片子看什么片子。当然，他看的方式和我们想象的不一样，他不是用放映机或 DVD 看，而是亲身经历，这样，电影中的情节就变成了他身体的一部分。他也有可能看其他我们想象不到的东西。

听起来上帝和我们的确很相像，尼娜说。

他又喝了一杯，他渴得厉害。他给尼娜斟满酒杯，又给自己斟满。

你真的相信我们生活在计算机仿真的世界中？她问。

怎么说呢，你可能不相信，反正我相信。

一只大夜蛾飞到灭蚊灯上，嘶嘶地变成了一团火焰。一股烧焦的味道。约纳斯拿过他们的杯子，走向稍远的一张桌子。尼娜捧着他们两人的衣服和自己的记录簿跟在后面。服务员端过来酒瓶，一边低声道歉，一边点燃蜡烛。

关闭世界的密码，约纳斯说。

---

① 纳粹集中营，在今天的捷克境内。
② 海因里希·施里曼，1822—1890，德国考古学家。

什么？

也许计算机有一个密码，可以关闭整个世界。如果将来某一天，某个人按下控制键和 234535fghtehj*§$&/!，世界顿时变黑，一切都会戛然停止。说不定是程序员开的一个小玩笑？但是谁也想不到。

尼娜在记录。

你知道我为什么喜欢跨年夜吗？他问。因为每个人都能回忆起来，自己这一天曾经在什么地方。你去年跨年夜在哪儿？

还能在哪儿？在菲尔家，因为他家有屋顶阳台。子夜时分，我许了一个愿，要在来年学冰岛语。那天晚上有香槟、面包，大家都穿1920年前后的服饰。

你看，我说得对吧。我也知道那天我都干了些什么。每个人都知道他在哪儿，每个人都知道，他在半夜都想了什么，说了什么，干了什么，当然，必须在同一个时区。于是就产生了一个问题。

问题？

算不上问题，我只是觉得可惜，可惜全世界的人，也就是六十或七十亿人不能同时经历同一秒钟。我们说，中欧时间每年4月9日正午12点，所有的人都认真想一下自己眼下正在做的事，专心致志地共同度过这一秒，然后想：对，就是这一秒，这一秒就是这样的。

酒瓶空了。服务员走过来。约纳斯用征询的目光看尼娜。尼娜点点头。约纳斯又要了两杯。

我还有一个问题，她说。爱情和性是一体的吗？性和爱情是一种什么样的关系？请尽可能用一句话概括。

不好说，每个人的情况不一样。

我知道各人情况不一样，她说，但是我们可以想想看，你的情况是什么，我的情况是什么。

过了好几秒钟，他才觉悟过来这句话的含义，一阵燥热和激情席卷了他的全身。他装作疲倦的样子擦脸，不想让她看到他僵硬的微笑。他伸展四肢，架势像是在跟街对面的一个熟人打招呼。

我们可以吗？他问。

是的，我们可以。她说。

他很随意地从口袋里掏出手机。没有短信，也没有丽娅从山里打来的电话。他想玛丽，想海伦。但她们两个都走了。旁边的桌子上，一个女人在哈哈大笑。约纳斯看着她的眼镜、耳环、裙子，和她的脸。虽然那女人很漂亮，而且此时此刻显然也很快乐，但他还是为她难受，因为她感受不到他的感受，因为她只能过她自己的生活，而不能过他虽有悲剧但却很充实的生活。

我们什么时候可以？他问。

今天怎么样？

今天？

是的，今天。

我没意见，他说。

25

到公司前,他先去书报亭。卖报女人向他打招呼。他发现她的手指今天很干净。他向她点头示意,没有买报纸,而是取了一份杂志。

去收银处时,他发现,除了他以外,其他人都几乎静止不动。于是他停下脚步,开始仔细观察。报亭里,似乎所有人的四肢都是铅做的,看上去十分沉重。顾客们等着付钱,手里的报纸晃晃悠悠,卖报女人盯着收银机,手指不停地在键盘上敲来敲去。

他听见有人干咳。有东西发出吱嘎的声音。那个老人从后房出来,径直朝他走来。他们两个的周围是漠不关心的卖报女人和顾客。老人向他伸出手。约纳斯犹豫了片刻,但还是握住了他的手。老人紧紧握住他的手,用力晃动。约纳斯注视着那双紧紧盯着自己的蓝眼睛。

烟斗老人重新回到后房。空气中重新充斥起了嘈杂声,卖报女人在收银机键盘上敲击数字,一个顾客的眼镜掉了。约纳斯付钱。

26

葬礼过后,他一共来过这里三次,每次都走错路。这一次,他已经是第三次走过这个路口了。他穿了一件黑色的汗衫,他自己也说不清楚原因，可能是下意识地觉得这个颜色比较合适，但同时他又为这件汗衫恼火，因为后背一直在不停地淌汗。那边有一口井，有老人用水壶在井里打水。他在井边找了一个阴凉地，想辨认一下周围环境。但最后没办法，还是找了一个灰头灰脸的花匠问路。那人看都不看他，抬手指了一个方向。

在海伦的墓前，他把背包放在地上，目光盯着墓碑上的照片，嘴里喃喃地向海伦问候。他把鲜花放在堆起的土包上。在这一瞬间，连他自己都觉得这个姿态非常空洞，没有任何意义。

他环视了一下四周。附近没人。稍微远一点的地方，有几个白发人在蹒跚踱步。

你好，他又说了一遍，然后蹲下身。

沙土顺着指缝往下流淌。他在裤子上擦掉手上的灰土，从背包里取出喝了一半的葡萄酒，继续喝了起来。不知在什么地方，有人好像在用农具敲打金属。声音一阵一阵急促地飘过墓地的上空。

他实际上并不完全清楚自己究竟在这儿干什么。每次到墓地来，总是感到压抑，并没有因为自己终于做了一件正确的事情、一件好事而有如释负重的感觉。一只乌鸦从头顶上飞过，一棵树繁茂的枝叶里传出叽叽喳喳的鸟叫声，声音很是响亮。约纳斯擦去脖颈上的汗水。大腿开始变得有些僵硬，他本应装作正在品鉴葡萄酒的样子，但是却一屁股坐在了地上。

我在和谁说话？和你吗？但是你已经不存在了。我在这儿能感到和你靠得更近吗？我肯定不这么认为，否则我会经常来的。那么说我在这儿和感情靠得更近吗？是的，但这并不让我感到好受。

他想到了那个金，他也是葬在这块墓地的什么地方。约纳斯咽下了一丝难堪的苦笑。

他们两个是不是结合了呢？

说来奇怪，他竟然感到了一丝醋意，而且妻子的这个情人那次活生生地和他面对面时，他的感觉竟然远不如这次强烈。

一个老妇人迈着老态龙钟的步子从他身边走过，手里捧着一束插好的鲜花。他实在忍不住了，迅速从包里取出照相机，对着老妇人的背影拍了起来。画面具有强烈的表现力：墓地，鲜花，长明灯，墓碑，背景中的树，井，身着黑裙的老妪，佝偻着腰，手捧鲜花。

他长久地注视着她的背影。如果心爱的人，与之同床共寝过的人在很久以前就已经死去了，而且是因为年迈体衰而死去，那会是一种什么感觉呢？

他来回踱步，尽可能把身体控制在阴影下。他念墓碑上的铭文，看逝者姓名旁边泛黄的照片。照片上的人，曾经有过鲜活的生命，他们虽然在五十年前就已经离开了人世，但是他们曾经也像他现在这样，真真切切地感受过这块树皮、这块石头。他们的眼睛、鼻子、嘴巴，都曾经真实地存在过，血液曾经在这些肉体中流淌，生命曾经在血液中鲜活。现在死去的，已经是他们孙子辈的人了。

随着徘徊时间的不断延长，他发现了越来越多的新的十字架。十字架下面躺着的不全是老年去世的人。他想起了国家公墓，他在那儿参加过三姊妹公司老创始人的葬礼。在那之前，他从未见过一个墓地竟然有那么多年轻人的坟冢，好像这里刚刚发生了一场战争、一场族群火拼，或一场自然灾害。

或者是因为地方的原因？是不是有什么地方，人一般都会早死？可不可以做一个统计？或者说有必要躲避这些地方吗？但是为什么那里的人普遍早死？环境原因？还是有超自然的力量？

他的脑海里浮现出了安娜的身影。他发出了一声痛苦的呻吟。这会儿他越是忧伤，就越是害怕很快会在这些地方失去她。他给她打电话，她不接电话。他给她发短信：请回电！

他走到刚才放在海伦墓前的背包旁，在她的照片前默立了几秒钟。他压抑住呜咽声，却任眼泪尽情流淌。他亲吻自己的手掌心，然后把吻吹向墓碑，但立刻又觉得自己的动作十分可笑。他捡起背包，最后喝了一口葡萄酒，朝墓地出口走去。

看到那家餐馆，他不禁想到自己曾在这个花园里和金一块儿吃过东西，还曾经盘问过他。他现在似乎已经离他远去了。他对他产生了一丝宽容，也为他感到遗憾，他从来没有希望过任何人有这样的结局。

往哪儿开？他不想回家，他想到人多的地方。孩子们同丽娅和弗兰克在山上已经待了一个星期了，而且还要再待一个星期。他有的是时间，不过却不知道该拿这些时间干什么用。

他给维尔纳打电话。维尔纳这会儿正和艾薇在乡下的什么地方。他又试着给安娜打了个电话，然后给她发了一条留言。去找尼娜？最好不要去，说不定她会想歪了。我并不爱你，他在她的床上对她说，他只是想表明自己是诚实的，但是她说：人无完人。

他把车停在地下停车场，在公园找了一个地方坐下。旁边有几个年轻人在抽大麻烟卷，一个把头发扎成脏辫的金发女孩瞥了他一眼，她给人的感觉比抽大麻烟的那几个男的要大一些。这伙人大声笑了起来。其中一个开始拨弄吉他。

约纳斯换了一个凳子。这次坐的是上次那个男的许诺可以帮他实现三个愿望时坐的凳子。他从背包里取出那个原本打算在墓地打开的文件夹，用钳子拧开上面的一把小锁，看她在他们结合那一年的12月31日都写了些什么。

最好的朋友：丽娅
健康（1—10）：8
幸福：10（约纳斯！）
爱情：10
性生活：10
职业：5
达到的目标：心态平衡
新年期望：忠实于自己

她在右上角贴了一张自己的照片，看上去年轻得十分拘谨，约纳斯感动得微笑了。过去多长时间了？不到六年吧。六年可是很长的时间。

他粗略看了一下接下来的一页，是在一年跨年夜做的评估。是托姆出生的那一年。

最好的朋友：丽娅

健康（1—10）：10

幸福：10（托姆！）

爱情：9

性生活：7

职业：0

达到的目标：生下了世界上最好的孩子

总体状态：7

对新一年的乐观度：8

新年期望：找一个新工作

再往下是带环却还是怀上了的克里斯出生的那一年。这一年的评估比上一次平均少两分。照片里的她看上去明显老了许多，面容憔悴，眼神黯淡无光。

他往后翻。最后一次自我评估是不到九个月前做的。如果那个金说的是实话——约纳斯并不怀疑金的真实性，那么应当是在她遇到金不久之前。

最好的朋友：约纳斯

健康（1—10）：5

幸福：3

爱情：6

性生活：3

职业：3

达到的目标：——

总体状态：4

对新一年的乐观度：3

新年期望：充实自己，找到自我

约纳斯把夹子扔在凳子上。

安娜的短信来了，说她刚睡醒，晚上会和他联系。维尔纳的短信也来了，说他们正在回城的路上，问他愿不愿意到他们家一块儿吃晚饭。约纳斯写了两个字：好的，然后按下发送。

身后的喷泉发出哗啦哗啦的水声。那几个年轻人坐在路中央，挡住了行人的过往道路。约纳斯再一次捕捉到了那个脏辫女孩的目光。

他滚动手机号码簿，调出玛丽的名字，仔细看着组成玛丽的每一个字母。屏幕上没有了维尔纳手机2的名称，只有玛丽，只有玛——丽。

他又坐了一会儿，任凭移动的阳光在他头上灼烤。脏辫女孩朝他微笑。他心不在焉地回以微笑。

他开车回家，把音乐声开得很大，躺在阳台上。当阳光落在了树后，他重新穿上 T 恤。他给丽娅和弗兰克打电话。孩子们都很好。克里斯又实实在在长高了两厘米。他给尼娜发短信，告诉她过一会儿电视上会播放冰岛纪录片，然后换上衣服，想都没想，动作完全是无意识完成，就像一个机器人。

27

吃完饭，他们走进卧室。脱衣服时，他一只腿插在裤腿里，另一只腿在地上颠跳。艾薇笑了。你连裤子都脱不下来？难道要我帮忙？来了，来了，他说完躺在床上空的地方。

他开始有些拘谨，在一旁看维尔纳和艾薇亲吻。艾薇伸手抓约纳斯，他也跟着吻了起来。先是维尔纳和艾薇做爱，艾薇同时用嘴吻着约纳斯。

维尔纳想换人。慢慢来，他说。

约纳斯一厘米一厘米缓缓地进入艾薇，维尔纳站在一旁盯着。随后，维尔纳趴在艾薇身上，约纳斯站在一旁看。然后约纳斯再一次进入艾薇。维尔纳走出房间。过了一会儿约纳斯发现，维尔纳正隔着门缝偷偷往里看。

28

早上五点半，街上有人大声喧哗，他被吵醒了。他迫不及待地伸手去拿床头柜上的手机，果真有一条短信：

有时间请回话，我情况不好。

安娜发这种短信，就意味着是一个严重的求救信号。他立即拨打电话，没人接。他搓了搓脸，站着喝完昨晚剩下的咖啡。昨天晚上，他耐着性子看完了乔伊给他看的两部关于动物的电影。喝完咖啡，他立即上路。

这个时间交通相当通畅。他只用了一刻钟，便把车开到公共汽车站后面的地方，几块广告牌旁边是他经常停车的位置。

突然，记忆清晰地浮现在他的眼前：早晨从这里走向公共汽车站，晚上把弯曲的、上面有刻槽、贴了一块绿胶布的钥匙插进房门的锁孔。他仿佛闻到了弥漫在楼梯间的饭菜香味，仿佛听到几个还没有成年的小子在门口捣鼓轻骑。那是多少年前的事情了？七年？一百年？

他按对讲门铃，对讲机上现在只剩下安娜的名字。他等了一会儿，又按了一遍。里面传出安娜没有睡醒的声音。

她打开门，身穿浴衣，头上盘着一块柠檬黄的头巾。他朝她点点头，一言不发，从她身边走过，径直朝厨房走去。厨房台子上胡乱摆放着空杯子和葡萄酒瓶。他冲上一壶咖啡。他看见冰箱里有橙汁，于是拿出来直接对着包装喝起来。安娜双臂交叉在胸前，站在一旁。他打开窗户，一阵微风吹掉了书架上的比萨广告页。

现在几点？安娜问。

她赤着脚。在接下来的一秒中，约纳斯心里一惊，这双脚他曾经是那样地熟悉，还有脚背的形状，甚至还有指甲油的颜色。

出什么事了？他问。

和夏德吵了一架。

我还以为发生了什么了不得的大事！

我也是这么认为的。当时已经很晚了。晚上是怎么回事，你是知道的。

晚上是黑的，他说。

不只是黑。

他们两人一块儿吃早饭，在以前一块儿吃早饭的地方。安娜的身后挂着的还是那张壁毯，是东欧不知哪门子亲戚送给她的。一切都没有什么变化，还和从前一样，音乐还是那个音乐，轻柔的背景爵士，令安娜痴迷激情，令他昏昏欲睡。坐得越久，往昔的回忆就越是清晰，他越是明白，自己当年为什么不愿意在这个房子里继续坐下去。正是在这里,他对她说：我们分手吧。她当时笑了，不相信是真的。

出什么事了？为什么要我到这儿来？

你自己应当知道！

为什么会这样？他心想。为什么她过去还有现在，一切都和海伦一样？为什么最重要的总是那么容易消失和破碎？为什么和安娜会发展到这一步？为什么和海伦会发展到这一步？为什么能厮守永远的却不愿意和我厮守呢！

我们都累了，他说，我们都受到了刺激。在说这话时，他突然意识到自己用的是谁的腔调。

安娜的睡衣松开了。右边的乳房跳入他的眼帘。安娜察觉到他的目光，但是坐着没动，姿势没有变，并不是为了挑逗他，而是因为她累了。约纳斯移开了目光。

快说，昨天晚上怎么了？他问，我以为你不行了呢！

他忽然为自己说了不该说的感到羞愧，但是仅仅几秒钟的时间，他的后悔便消失得无影无踪。可以让她知道，她也应当知道，他在为她担着什么心，要想不表露这种担心是完全不可能的。

你说错了，我一时还完不了。还要等上一段时间。

我以为你不知道医生说什么，因为你从来不问医生。

我知道医生说什么。但是我不喜欢说。

哦，是这样。

他们相互凝视。她先移开视线，揉揉眼睛。

不好意思，昨天晚上，是……是夏德要和我上床。我觉得这事很可笑，为什么要上床？为了相互进一步了解？在人们好奇地想知道事情会如何发展时，就应当让事情过去。你说呢？

很简单，约纳斯说。你要吗？还是尽管如此你仍然不要？

搞得好像你总是知道你要什么似的！

他头朝后仰，靠在墙上，眼睛盯着安娜。

我不知道我要什么，安娜轻声说。我没有力量做决定了，只想听凭命运安排。

他沉默。

突然，他完全没有料到，她一把扯下头上的头巾。这是这么长时间以来他第一次再次看见她的头发，头发不长，有些地方已经秃顶，而且看来不会再长新发了。

她朝他盯了一眼，然后扭转视线。

死亡不可耻，她说。

他透过窗户，看着外面的街道，聆听城市在苏醒。他仔细聆听每一声汽车鸣笛，每一次发动机的轰鸣，随后孩子们发出的每一串笑声。他让这些声响在自己的内心回荡。这就是世界，这就是生活，我们就是这样生活，这就是我们的存在。

她哭了。他坐到她身边，把她拥在怀里。她的浴衣散发出清新的薰衣草香味，这个香味和环境一样，都是他非常熟悉的。他没有听明白她在说什么，她的话语一顿一顿的，而且很不清楚。

他一边抱着她，一边在想，如果佛教是有道理的，如果所有相信死后有来世的人的信仰是有道理的，那他唯一的希望是，来世能投胎于一个和这个世界完全不同的世界。他们都说，人不能拒绝这个世界，人们投胎于这个世界，都是有原因的。但是他们没有说，这是奖励，还是惩罚。

来世他再也再也再也不想回到这个世界。如果什么地方有空位的话，他很愿意降临到另外一个世界。

29

他的写字台上有三盒夹心巧克力小蛋糕。奥菲利亚从大盒子里拿了一块，把两盒小的放到另外一张写字台上。

我今天过生日，她竭力装作不经意地说。

他拿出这天早晨所能拿出的最大热情向她表示祝贺，同时暗地里极不情愿地想道，遇到这种由头，不管你愿不愿意，一定会有人煽动一场聚会大餐，特别是现在，这帮度假的浪子都已经如狼似虎地回来了。他此刻最希望的是马上回家，再睡上一觉，他太累了，下颌在隐隐作痛。但是他现在必须第三次重新加工那个洗车房的项目。

从来没见过你这么早，奥菲利亚说，身体靠在他的写字台上。

我也没见过。

你知道了吗？她问。

我什么都不知道，约纳斯说。

沃尔夫他……

不知道，约纳斯说。

……可能要离开公司，也可能已经离开了。猥亵男童被抓住了。

你从哪儿知道的？

她微笑，不告诉你，但千真万确。

约纳斯的眼前浮现出沃尔夫的模样，小胡子，二八分头，头发分得非常精致，许多人都怀疑是假发。他？不可思议。但是谁又知道每个人的内心呢。

要来个新的，奥菲利亚说，你真不知道？

他摇摇头。

也可能是个女的，不过我不大相信。最好是一个外来的。说不定你也有可能。

你从来没有感觉到我这人不喜欢工作？他问。

正因如此呀。

她丢下他，转身走开。有两个同事来了，他们把笔记本电脑包扔在桌上，想知道巧克力蛋糕是怎么回事。约纳斯发短信给维尔纳，提醒他买礼物。又给安娜发短信，约她晚上可以一起吃饭。

夏德要来。谢谢你的好意。

午休前，他开车去尼娜姐姐推荐的那个学校，他看了学校的网页，觉得还可以。在校长接待室他看了学校的宣传册，看样子不是一个把六岁的孩子塞进绞肉机的学校，至少宣传册是这么保证的。

托姆明年五岁，他说。

报名，女校长说。

现在就报名？

我们快要满额了,现在就报名。

女校长带他在学校走了一圈。因为缺乏可比性,所以他不知道眼前所看到的一切是一般性的标准呢,还是非同一般地出类拔萃。不过对游戏的氛围、硕大的图书馆、墙上的图画,还有这个女校长,他的感觉还是不错的。她的年龄和他相仿,看上去与其说是一校之长,不如说更像赛车的女驾驶员。他突然产生了一个念头。

门口那辆本田,是你的?

买的二手车。

为什么要当小学校长?

先当的小学老师,后来当校长,因为觉得有意思。

最后他还获准旁听一节课。女教师拿坐在最后一排的那个男人开玩笑,孩子们都笑了。事情这样就算定了。他坐在一把很小的椅子上,听老师讲课。

他看着一个个面朝老师的小后脑勺,想象着托姆和克里斯在这里上课会是什么样。一个黄头发,一个黑头发,两人坐在这里咬铅笔,学算术。

海伦。海伦会喜欢这所学校吗?

在办公室,他拿着宣传册和签了名的报名表复印件,绕过两摊不明原因的积水。聚餐早已结束了。不知谁把手机忘在中间的一张写字台上,手机在低低地播放单调的流行音乐。以维尔纳为首的一群人和奥菲利亚在一起,大家正在散去,奥菲利亚还要和大家跳舞。其他人把塑料杯带到自己的座位上，有些人干脆就走了。

乔万尼递给约纳斯一个杯子。他摇摇头没有接。心想，维尔纳究竟怎么了，怎么睁着湿乎乎的眼睛四处张望。

没问题吧？约纳斯走过去压低声音问。

我和安娜打了一个电话，你知道多长……

没等把话说完，维尔纳突然把头埋进帽子里，朝卫生间走去。

约纳斯坐在自己的座位上，重新开始构思广告。一边是无聊的庆祝生日的人，另一边是宋德海姆，他正在网络聊天室里装作一个三十岁的护士。约纳斯心不在焉地听着宋德海姆大讲和别人的聊天内容，虽然自己的心情并不好，但有时还是忍不住要发笑，特别是听到这位女护士在用经常性下身疼痛吓唬一个老是疑心自己有病的人。

宋德海姆，你对人太残酷了！海克托高声说道。

错！宋德海姆说，是他们对自己太残酷。

两点，两点半，奥菲利亚还在跳舞，独自一人在跳舞。

公司管理层给所有员工发了一封邮件，征集电视节目创意。

用摄影镜头记录一场聚会，约纳斯写道，现场直播。观众坐在家里，吃着薯片，不会觉得自己太孤单。我们看彼得和萨拉调情、喝酒、切蛋糕、跳舞。音乐，香槟，后房，杂物间，乱摸，狂吻。还可以同时安排收音机直播，让电视观众对聚会上的所见所闻进行评论。我们都是一家人。广告可以在电视和收音机同时播放。

有个人站在他的旁边，而且已经站了有一会儿了。他开始以为，是哪个同事来取图片，一会儿就走，因此没有留意是谁。突然，一个熟悉的东西进入了他的意识，他的脑子里咯噔了一下，是谁？

他抬起头。一个黑色的小点，一道急切的目光。

啊，接着又发出了一声，噢！

害怕和希望开始同时撕扯他。

还必须上班吗？她问。

他缓缓地摇了摇头。

她伸出手。他接过她的手，跟着她朝电梯走去。在路上，仿佛慢动作一般，他看见了每一个人的眼神。维尔纳的微笑。在尼娜转过脸的一瞬间，他看见了她脸上的一丝黯然。塞弗林和海克托瞪着大眼睛注视着这位身穿绿色爱马仕连衣裙女人的背影。宋德海姆面带微笑，痴痴地看着。

30

她问，是不是需要她解释，是不是他已经知道了。

他当然很想知道她究竟怎么了，他回答说，也想知道她现在想干什么。

她已经想好了,她说。

他要她从头开始说。

没有从头,至少现在没有任何事情比刚刚发生的一切更重要了。

那就从刚刚发生的一切说起吧。不过能不能找个地方坐一坐,因为他的腿很快就要撑不住了。

对面的那个咖啡馆不错,她说。

他也觉得不错,只要她喜欢就行。

她要了一杯茶,说他的气色不错。

他要了一杯咖啡,说如果她再不如实道来,他就要发脾气了。

她两个星期前和阿伯克分手了。他一个星期前到奥塞梯①打仗去了。

他什么?他问。

他知道他在干什么,玛丽说。

他就知道奥塞梯,约纳斯说,真弄不清楚,这个阿伯克和奥塞梯有什么关系。

她也弄不清楚,她说,他好像着了魔似的。他去了俄罗斯志愿者招募站后就再也没有消息了,俄罗斯当然需要他这种身体强壮又打过仗的人。能不能回来,什么时候回来,难说。她问约纳斯为什么那样看着她。

---

① 位于中亚高加索地区,被高加索山脉横断,分为北奥赛梯和南奥赛梯两部分,当地政治纷争不断。

他说他有一种似曾相识的感觉，或者说类似这种感觉。他此时此刻感到很奇特，但是却说不出来什么。而且这种感觉和阿伯克有关。

她不奇怪，她说。她现在最需要的不是他说点儿什么，因此最好闭嘴什么都不要说。

不可思议，实在是不可思议，他说。

她说，在这事发生之前的很长时间里，她一直非常清楚，但是却不知道该如何去实现，自己一直有一个愿望，而且这个愿望很强烈，那就是要和约纳斯生活在一起，管他有没有阿伯克，管他会不会回来。现在，现在终于有一个结果了。

她真的这么想吗？她真的要这么做吗？他问她。

她真的这么想，而且真的要这么做，她说。

事情这样发展下去很有意思，他说。

她说，自从阿伯克走了以后，她感到很高兴。

他问她为什么会有这种感觉。

因为错误的生活中不可能有正确的生活，那句格言好像是这么说的。

约纳斯向女服务员要了两杯白酒。他问玛丽为什么笑得那么开心。

她说她笑得那么开心，因为他正如自己所了解的一样，一点儿没有变，他的声音，那种在点饮料时表现出来的坚定的语调，还有他那令她着迷的风度，她这几个星期无时无刻不在想着他。

要是阿伯克回来了呢?要是……

事情再也无法改变。事情该是什么样就是什么样,她在自己的内心中找到了那种久已向往的澄净。因此她决定离开阿伯克。另外,一个人如果不愿意留在自己孩子的身边,而是更愿意到战场上拼杀,那他趁早在他们眼前消失。

白酒不错,约纳斯说,他还想再要一杯。

酒精会让人不举,他应当考虑清楚,她说。

矿泉水也不错,他说。

她们家的日子开始变好了,妹妹戒毒了,父亲的身体也好一些了。

好消息,他说。

她问他有没有时间,能不能空出几天,她有三个星期的休假,她的母亲和妹妹也答应和保姆一起帮她照看几天孩子。

约纳斯问,萨沙怎么样。

挺好。

很好,她今天很漂亮。

他也不错。

看来都不错,他说。

是的,看来是不错。

他说他承认今天有点乱。

她说她也有点乱。

他说今天是很奇特的一天。

她很想换个地方。

他说只要能和她在一起，他都不反对。
这话好听，她说。
她问他为什么不说话。

你呀你，她说。

三

1

第一天,他是在她的床上度过的。第二天,她是在他的床上度过的。第三天早晨,玛丽说:

我想给你看一样东西,但是不敢保证你会感兴趣。

看看吧。

乔伊上楼时与他们迎面走过。他盯着玛丽,没有说一句话。约纳斯在他肩头拍了一下。

刚才楼梯上的那个人是谁?玛丽问。

问得好。

她车开得很熟练。约纳斯看着她的侧面。她穿一条带毛边的牛仔短裤,上身是一件浅蓝色外衣。她瞥了他一眼。他看见了她眼睛虹膜中的黑点。一路上,他的目光始终没有看过路面,即便她急刹车,他的目光也没有离开她。她微笑着。

她在一条小街靠边停车。

我想在这里和你散会儿步。

这里？他随口问道。

街的左面是一排房子，清一色的灰色，脏兮兮的，右侧是一长排栗子树，下面堆满了垃圾，不时有狗屎味随风飘来。他注意到街边有不少破汽车，不是报废了，就是被严重毁坏的。旁边的垃圾一堆一堆，跟小山似的。有一段快车道上撒落了不少压扁的硬纸盒，有一部分还被焚烧过。一个皮肤黝黑的孩子看见玛丽和约纳斯走来，转身躲进房子的大门里。一个女孩子朝他们迎面走来，指着地上的硬纸盒说：

那儿死了一个人！

噢？玛丽问。那个人为什么会死在那儿？

因为汽车把他压扁了！满地都是血！

女孩子跑了。玛丽抓着约纳斯的胳膊肘继续往下走。

那儿是我以前住的地方，她说，我就是在那里长大的。

他们站在一栋四层楼的房子前，房子有些年代了，看上去很不起眼。不过和其他房子不一样的是，楼房的大门是崭新的，而且还装了一个很现代的对讲机。

你有钥匙吗？他问。你们还住在这里吗？

她摇了摇头。谁还愿意住在这儿？

哪个窗户是你家？

三楼，左边第三个和第四个。

一辆汽车从身前驶过，他赶紧往后退一步。他脑海里想象着玛丽孩提时的模样，想象她站在上面，张望外面的世界。

有些房子已经坍塌，而且越往深处走，道路越差，有些地方的沥青已经起皮了，到最后干脆没有了。住户们开着他们叮叮哐哐作响的破车，在被压得结结实实的泥巴地上行驶，不时地还要绕过积满雨水的坑洼地。年轻人蜷缩在街角，用狐疑的目光打量着这两个陌生人。

够刺激，约纳斯说。

不要理会他们。

不是我理会他们，是他们在理会我们。

几个年轻人离开围着的啤酒箱，跟在他们后面。其中有一个人给约纳斯的印象特别深，他的刺青文在脸颊上，表情很阴险。

想回去吗？玛丽问。

怕他们？没有的事儿！你想给我看什么？

街道走到尽头是一个小公园。玛丽把约纳斯领到一棵梨子树前。

这是我的树。我当年经常坐在树下思考。还会躲在这儿，玩游戏的时候躲，家里气氛紧张的时候也会过来躲。她用手指划过灰色的树干，树皮已经开始斑驳。可惜啊，当年没有在树上刻点什么。

他把她抱在怀里。她的头贴在他的脸颊上。他们就这样相拥站着，直到玛丽说：

该你了！

该我什么？

你的童年！你童年生活的地方！我要看你住过的房子！

我想先给你看另一样东西，他说，当然了，房子也会让你看的。

四个年轻人守在公园前。那个脸上刺青的年轻人把手上的啤酒瓶递给另外一个人，迎面朝约纳斯和玛丽走了几步。约纳斯原本没有打算理会这几个人，但是见到这种情形，他便死死盯住眼前的这个年轻人。年轻人停住脚步，挠了挠头，转身朝他的朋友走去。

这家伙改主意了，玛丽说。

2

前两个岔路都不对。到了第三个岔路。他知道，这次对了。汽车颠颠簸簸地往山上开。轮胎下发出咔嚓咔嚓的碎石声。约纳斯从小时候起就喜欢听这种声音。玛丽把手伸出窗外，手指划过路边高高的棕榈树叶。车子还没停稳，她便把脚从仪表盘上放下，踏进帆布运动鞋。

我有一种感觉，以前来过这里，她说。

约纳斯下车，舒展筋骨。这里的气温比城里低，空气中有一股森林的气息，闻上去有苔藓还有动物的气味。不远处有一只鸟发出嘎嘎的叫声。马路上的汽笛声闷闷地传到山上。约纳斯想查看短信，但是手机没电了，他把手机扔在座位上。玛丽挽住他的手。她好像很天经地义地走在他的身边，一句也不问，要到这儿看什么。

非法垃圾堆又变高了。约纳斯至少可以清点出两台冰箱，上次来的时候垃圾堆里还没有。玛丽只是一个劲儿地摇头。

他们漫不经心地走过一块开阔地，穿过一片小树林，来到山间小路起始的地方。约纳斯往深处望了一眼，心头有些犯嘀咕。当他的目光顺着小路往上看时，心里的嘀咕更厉害了，他简直不敢相信，自己曾经从这里爬上去过，多么陡峭、多么危险的一条路。他觉得那好像已经是很多年前的事了。

从这儿上去？玛丽问，这可是一个挑战！

你想放弃吗？

疯了吗？想哪儿去了！照相机带了吗？我想给自己拍照，看看自己吓得发抖、死死抓住悬崖的模样！

有很长一段距离，他们只能前后走，约纳斯走在前面领路，不时提醒她注意脚下松动的石头。不过地面倒是比上次坚实了许多，有很长时间没有下雨了，而且这会儿天上仍然不见一丝云彩。

你的后背通红通红的，玛丽大声说道，快把衬衫穿上！还有多远？

至少还要走半个小时！想返回吗？

没有回头路可走了！

路越来越陡，他们的话也越来越少。和玛丽走在这条山路上，约纳斯一时还没有完全缓过神来。一想到上次一个人在这儿，他就有些不自在。他觉得自己每走一步路，都仿佛是在确认，眼前的一切都是实实在在存在的,不是在做幽灵的噩梦,他应当而且也必须相信自己的记忆,有了玛丽在身边,他就可以把这些幽灵鬼怪们赶回到他们的洞窟里去。在前面岩石拐弯的地方,也就是上次上演那几个怪异精灵历险记的地方,他假装气不够用,双手撑住膝盖,大口喘气,这样就不用继续往前走了。

看!玛丽叫道。

她手指着峡谷的方向。约纳斯什么也看不清,因为峡谷凹下去的地方很暗。他摘下太阳镜。天空中傲然盘旋的依然是那只苍鹰。

那是我,他说。

你想得美!她说,谁不想,我们大家都想。

有道理。

你怎么了?头晕?

没什么。不……等一下!

你没事吧?

他做了个手势,示意她往前走。上次的景象再一次极为相似地扑面而来,他禁不住打了个寒战。他看见了那两个男人,看见了那个女人躺在地上。他觉得自己的周围仿佛在电闪雷鸣。是的,就是这儿,他心里有一个念头在不住地闪现,是的,就在这儿。他想起来了,最后当那个男人趴在那个女人身上,女人在最后几秒钟把目光投向他时,他是那样地孤独,他唯一感受到的是那种深深的无助,同时又有几分渴望。

你怎么了?玛丽喊道,你全身都是鸡皮疙瘩!

风吹的。

她有些幸灾乐祸地看着他。不要不好意思说，你有恐高症！

走到岩窟壁时，他假装鞋带松了，偷偷看岩壁上的字。那些字不是他的臆想。

两分钟后，他们气喘吁吁站在了山巅之上。玛丽躺在阳光下熠熠闪光的崖边，发出欢快的叫声，声音四散传开，回荡在宽阔的峡谷之中。约纳斯蹲在她的旁边。她拉着他的肩膀，把他拽到自己身上。他像个袋子一样，重重地趴在她的身上，她发出一声呻吟。两人随即大笑起来。他转身躺在她的身边。

他听着远处绕山而过的高速公路上传来的汽车声，隐隐的，很匀称，如同一种祥和的飕飕声。天空中，一架给柠檬汽水做广告的飞艇从他们头顶上飘过。他闻到了玛丽的汗味，这是一种温馨的气味。

他回想起当年和玛丽认识的情景，在咖啡店，他死乞白赖地向她要电话号码。在那天前，她穿着制服在城里跑来跑去，跑了一整天，他透过她的柠檬味香水嗅到了她的体香。他当时很惊讶，这种体香为什么会对自己产生如此强烈的诱惑。他发现了这一点，他意识到了这一点，但还是身不由己地听任这种体香的摆布。

他感觉到玛丽的手在抚摸自己的胯部。

玛丽，我今天可能有点儿累。

她轻轻地笑了。累了，是吗？

他伸手抓她的手。她躲过他的手，头顺势在他的胸脯上划过,她解开他的衬衣,朝两边撩开,俯身亲吻。

我以前有没有告诉过你,你肚子上的图案是我在这个部位见到过最美的?

你提过一次。玛丽,我……

她温柔地把他按在地上。

你只管躺着不要动,她说。

我……那我就躺着不动,好吧。

她张嘴去吻他。他抬头,看着玛丽的动作。他朦朦胧胧觉得听到有乌鸦的叫声,叫声在他听来是不真实的。

玛丽坐到他的身上时,他的眼帘情不自禁地合上了。她的身体又缓缓地温柔地向上引。她的目光和他的目光交融在一起。他觉得自己的目光仿佛能深深地嵌入她的体内。渐渐地,她的微笑转变成了炽热的性欲。她虚眯着眼睛,声音越来越大,动作越来越猛,逐渐失去了节奏,一阵一阵,越来越冲动。他感觉到身体下面有坚硬的岩石,感觉到尾骨正好落在一块尖石上,而且这块石头好像越变越大。他感觉到自己在流血。但是他顾不上这些了,听任自己径直进入她的身体。

她什么时候解开了胸罩,他全然没有留意。她的头发披散在脸前,脖子和乳沟蒙了一层汗水。天空,一架飞机拉出一道细细的白烟。

下山的路上,约纳斯再一次在岩窟壁停住脚步。

那儿有什么?他问。

管他呢，走吧。

好像刻了一行字，他说，你看是什么意思？

玛丽大声念道，PRINCIPIVM DEVS AETERNVS FINISQVE BEATVS，然后说，我知道是什么意思。有年代了。我们还是往下走吧，我不喜欢这个地方。

有年代了？你估计有多少年了？

不知道的事情不要猜，她一边说一边弯下腰。

弄清楚肯定很困难，至少有两百年了……

一点儿都不难，给我一分钟。

约纳斯默默地看着玛丽，只见她用手滑过已经风化的雕刻文字，嘴巴在说着什么。

一千六百三十年，她站直身说。

猜的？

是事实。只要我没算错，就肯定是这个数字。这是一段纪年铭。

我听说过这个词，但是不知道意思。

一句隐藏数字的话，或一行隐藏数字的诗。

约纳斯开始仔细研究这行字。

字母粗细不一样，有的粗，有的细。

告诉你，是这样，玛丽说，第一个字里有字母 I，C，然后又是一个 I，它们组成 IVM……

我明白了，D，V，V，I，I，V，V，约纳斯说，然后是……

……然后是 1+100+1+1+5+1000+500+5+5+1+1+5+5，加起

来的总数是1630。

你什么时候当过间谍的？约纳斯问。

罗曼语文学专业毕业后当的？

学罗曼语文学要学这些东西？

那当然。知道这句话什么意思吗？

完全不知道。第一个字就不认识。

第一个字是开始的意思。开始和幸福的结束……等等，可以把句子组织得更漂亮一些……稍等一下……有了！开始既是永恒的上帝，也是极乐的终结。

不明白什么意思，他说，这里难道发生过什么事吗？

如果发生过什么，一定不是什么好事，我猜测。这个地方我一点儿也不喜欢。我觉得以前来过这个地方，或者一个和这里很像的地方。

当时是什么情况？

我要走了！

你怎么了？

她迈开大步，急匆匆朝山下走去，再也没有回头看他一眼。

3

玛丽看着眼前的房子，看得不是很清楚，因为有两盏路灯不亮了。一个垃圾桶里，爆开的垃圾袋连同垃圾一起堆积成山，旁边散落着碎玻璃和空塑料袋。味道很难闻。墙头有涂鸦。一座车库门上被人喷了一个纳粹十字标记。一块广告墙边立着一把破吉他。一群猫在围着垃圾堆嬉闹。不时有黑色的老鼠影子沿着墙角窜过。

这里住着沙阿[①],约纳斯说。

就看怎么看了,玛丽说。

玛丽朝后退了几步。一辆汽车从面前驶过,敞开的车窗里传出低沉的流行音乐。

这里对你意味着什么?玛丽问。

脏,约纳斯说。

我不是问这个。你在这里真正看到了什么?这对你意味着什么?

你说的是这栋楼?上面的那套房子?我是从这里走出来的。

还有呢?

这里和我没有任何关系。人们在回忆童年和青年时,常常会和某一个地方联系在一起,以为确定无疑就是这个地方,结果就会产生错觉,以为自己能回到那个年代。其实是不可能的,第一是因为人不可能回到过去,第二是因为任何人的童年都不可能是一成不变的。这个地方对我意味着什么?这是一个和我没有任何关系的地方。

玛丽点点头。要不要上去看看?

---

① 波斯语中古代君主头衔的名称。

约纳斯没有动。他还没有从刚才的想法中脱离出来。

一个谜，他说，这个黑暗。

对所有人都是这样。难道对你又有什么特别的吗？

我说的意思和你不一样，约纳斯说，他从杂物箱里取出房门钥匙。当年我爷爷就住在这里，他是银行职员。我从他那儿了解到了不少事情。我爷爷的爷爷就是生活在黑暗中。爷爷知道他的爷爷是怎样的一个人，过的是什么样的日子。但是我对爷爷的爷爷一无所知，我甚至不知道他叫什么。对我来讲，这个人仿佛从来就没有存在过。还有爷爷的爷爷的爷爷奶奶，他们是怎样的人，从他们再往前数十代，他们是怎样的人？再数五十代，是怎样的年代？瘟疫，亨利八世，哥伦布？箭头在欧洲地图上纵横交错，但箭头自身并不互相知晓，虽然每一个箭头都代表着一生。这是一个谜。这个谜令我恍惚。

我走在前面，好吗？玛丽问，不开灯，好吗？

灯反正早就坏了。但是为什么不要灯？

我要用鼻子闻！

走进房子后，楼梯间的灯灭了。走道一片漆黑。约纳斯推上房门。他感觉到了玛丽的嘴唇，与此同时他听到了一声嘎吱声。

你在哪儿？

厕所。

他听见她在轻声笑。他检查了一遍电话录音，没有留言。他把听筒放在电话机旁边。

他让阳台门开着,这样能听到房间里的动静。空气潮湿,潮湿得甚至有些发黏。身后的墙内传来抽水马桶的冲刷声,接着是水池的放水声,远去的脚步声。

　　花园里,几只猫在恶斗。一扇门打开了,里面传出体育播音员做作的笑声。接着,声音消失了。不时仍有嘎吱声传来。

　　他心想:我还是孩子的时候,在里面来回走动的这个女人也已经出生了,她那时还不知道这里,也不知道有我的存在。她有属于她的这里,属于她的今天。但是现在,她到我这里来了。

　　他看见了:早餐。收音机。母亲。父亲。家庭作业。朋友。家庭聚会。还有道路。

　　玛丽突然从黑暗中出现在他的身旁,他着实吓了一跳。

　　房子很老了,玛丽说,能感觉到这里积淀了很多生活。

　　在我身边坐下,他请求道。她坐在他的腿上。

　　这里很闷,玛丽说。她说完解开自己的上衣透气。今年的夏天特别长。说说看,有多长时间没人住在这里了?

　　我父亲住养老院差不多有一年了。

　　奇怪。我怎么感觉这里像是还有人住。

　　他把头靠在她的背上。她在说着什么,但是约纳斯听不懂她说的东西。他依偎在她的身上,享受她的声音在她体内形成的共鸣。他用双手拥住她,嗅着她的体香,心里回味着以前在酒店搂着她的场景,环抱她的大腿、她的手臂,头枕在她的腰上,尽可能地感受玛丽的一切,为的就是在家里、在床上、躺在海伦身边时,仍然能回想起这一切。

铃声。

是他的手机。

这绝不可能，他想。电池没电了，手机是关着的。旁边是玛丽的大腿。玛丽的后背。只有我在这里。只有她在这里。我闻到的是她的味道。我摸到的是她的存在。这里只有我们俩。

铃声再次响起。他没有动身。闭着眼睛靠着玛丽的后背，感受脸颊下面的她的脊椎。也有可能是错觉。也许电话铃声不是从椅背上的衣服里传来的。也许玛丽的电话铃声和他的是一样的。

铃声又响了。

你怎么不去接电话？玛丽问。

他从口袋里掏出手机，看屏幕显示。没有显示来电姓名。他按下拒绝接听键。他拆开手机，把电话卡扔进抽水马桶，把手机扔到外面的夜色中。过了几秒钟，他听见有东西掉进草地的声音。

4

应当往哪儿开，他们心照不宣：大海的方向。

他们在任何喜欢的地方进行长久的歇息。为了参观宫殿或教堂，他们特地绕路开。他们在湖边休息，享受阳光，他们在村庄停靠，徜徉乡村集市。

玛丽在一个头插鲨鱼牙、脖围领结的老头手上买了一顶草帽。帽子戴在她的头上非常好看，引得老头不住发出讨厌的咂舌声，还眉飞色舞地吹嘘他的女儿。他看起来没有什么像样的东西可以送给玛丽，因此再三要把一罐牛奶塞给她。牛奶在他的货箱里显然已经放了很长时间，而且经常和摊主的饭菜摆在一起。

约纳斯在旁边的摊子上买了水和水果。然后把东西放进汽车，他看见摊子后面有一个电话亭，于是敞着衬衫走过去。

你来看我们吗？托姆问。

现在不行，过一个星期我们就见面了。爬山了吗？

爬了三座山，不对，是八座！

那么多？一个星期八座？到顶上了吗？

到了，很高很高很高！

外婆听话吗？要不要我骂骂外婆？

托姆笑了。好的！不要！好的！你会给我们带礼物吗？

那是肯定的。让克里斯接电话。

低声说话的声音，沙沙声，然后是克里斯的声音：我打了一头狮子！今天还要看一只凶狠的大鸟！

丽娅告诉他，他们住的附近有一个野生动物园，还有一个驯鹰人，他们下午要去看他的老鹰。

他们吃饭怎么样？还是不肯吃饭吗？

他们现在每顿要吃两份，甚至三份。山上的空气能让人胃口大开！

安娜的号码他不用查。他直接打过去，她正在商店的收银处付钱,让他过两分钟再打。他站在电话亭前,看着玛丽脚蹬人字拖,一个摊位一个摊位地来回走动,时而拿起一条浴巾,时而打量比基尼泳衣,时而同摊位上的姑娘们说着什么。约纳斯返身走进电话亭,按下重拨键。

我和夏德断了,安娜说。

我为什么会感到高兴呢,他心中暗自问自己。

真的吗?他问,为什么?

我妈妈后天来。我们回家两天。我的姐姐和妹妹也来。我下周回来。

下次检查是什么时候?

约纳斯,我告诉过你,没有检查了。

什么意思?他问,尽管自己心里很清楚是什么意思。

我很好呀,不疼了。你什么时候回来?过一个星期?我留了一天专门给你。两个星期后我会搬进临终关怀院。

走回汽车的路上,他擦拭着眼睛,嗓子眼儿里有一种火烧的感觉。他尽量张大嘴,深深地缓缓地吸了一口气,压抑住想哭的欲望。

上车的时候,他一屁股坐到了刚买的葡萄上。他找车钥匙,发动引擎。上路后方向却开错了,不得不在下一个街口掉头,结果后轮有一半陷进了一个坑里,接着想从坑里开出来,然而又糟蹋了一片草地。

我的天啊,你怎么了?

他原打算什么也不告诉玛丽,免得破坏她的兴致。但是此时此刻他却意识到，自己实际上是在盼着她提这个问题。很自然地，他就从头开始说起了。从开始的治疗，到以为已经治好的喜悦，再到癌细胞又复发带来的打击，还有癌细胞之强大给他们造成的惊恐。

你们在一起生活了多长时间？

不是六年就是七年。我说是六年，她说是七年。他说这话时虽然面带笑容，但是眼泪已经在眼眶里打转。

接下来是沉默，谁也不说话。开过几个村子后，玛丽说，除了伤心，你又能怎么样呢。但是话又说回来，悲伤在时间和地点上都应该有自己固定的位置，否则它就会无处不在，无时不在。我们回去后，你应当去看看她，也算是永别吧。不然的话，你永远不会从悲伤中解脱出来，阴影将永远存在，明天，下周，永远。

她和她的新男友分手了。我庆幸自己不知道分手的原因。

因为你还在想着她，这还用说。

瞎说！

他们超过一辆拖拉机。对面开过来一辆军车。车窗上映出士兵笑呵呵的脸庞。多么年轻。

她会知道怎么做才是对自己好，玛丽说，听你刚才的描述，事情已经有一段时间了，她也已经承受一段时间了，她会知道……干吗？你要干吗？

约纳斯不由自主地松开了油门。

手机能借我用一下吗？他问。

当然可以。要不要到前面的草地上坐一会儿，吃点儿水果？

他拐进一条乡村小道，将车紧贴着电栅栏停下，留出其他车辆能开过去的空间。栅栏后面有两匹马在吃草。玛丽在地上铺开一张床单，从车上取下水果和水，约纳斯手拿电话，在一排几乎没结什么果子的无花果树的阴影下来回走动。

你无论如何要帮我一个忙！他对电话里说，帮我一个大忙！

什么忙呢？安娜问。

你肯定会以为我大脑出问题了！

有意思，说来听听！

你——必——须——再——检——查——一——次！

前面听清楚了，后面没听明白。我必须什么？

再检查一次！

约纳斯……

没说的！再检查一次！

约纳斯，你现在的要求和病人自己经历的阶段很像。有一个阶段，病人自己也不愿意接受……

听我说！听我说！

我在听！

这事我说不清楚，他说。总之帮我一个忙，去检查一次。我有一种预感。

太荒唐了！安娜说，她被激怒了。约纳斯感觉到了对方的愤懑。

求你了，他说，就做一个小检查，随便查点儿什么。

你成心想折磨我，是不是？告诉你，我不是受虐狂！一个小检查，你以为像吹口气那么简单？

求你了，约纳斯说。

安娜挂了。

玛丽脱去 T 恤和裙子，只穿着红色比基尼坐在床单上，用开瓶器开一瓶葡萄酒。她用塑料杯给他倒了一杯酒。约纳斯喝了一口，伸展四肢，仰躺在草地上。

我感觉很好，他对着天空，眨巴着眼睛说。

很好。

我真的感觉很好，一切都称心如意。在这里，只有你和我。我们不必因为我们还活着而感到自责和内疚。

天空没有一丝云彩。每当感到太阳火辣辣的温度，他们便翻身滚到逐渐移动的桦树阴影中。桦树皮上有一道雷击的痕迹，印迹已经十分苍老，树干就像桂皮被火熏了一样，绽开一道大口子。约纳斯讲述安娜，玛丽讲述亚斯皮，一个知名的画家，为了他，玛丽堕了两次胎。虽然他们两人喝了半瓶还不到，但是到树丛里方便的时候，他们的脚步还是有些踉跄。他们相拥着躺在草地上，借助一片榛树丛遮挡路过汽车的视线。约纳斯打起了瞌睡。

他醒来时，发现树荫已经移走了。他给玛丽盖上她的纱笼裙。一辆汽车鸣笛驶过，玛丽丝毫没有动弹。她在睡梦中紧握约纳斯的手。约纳斯把嘴唇贴在她的手指尖上。玛丽的皮肤有一股太阳的气息,眼皮在微微颤动。

他在草地上摊开交通图。一只蚂蚱一个弹跳,恰好落在海洋的位置上。约纳斯小心翼翼地想把虫子吹走,但是小家伙的触角一颤一颤地,坐在海洋的蓝色上,不肯离去。

那么好吧,小家伙,约纳斯说,那就待在这儿吧。

忽然,只是零点几秒的瞬间,约纳斯感到,有东西朝他扑压下来。

四周,一片黑暗。他感觉不到身边有什么可以抓住的东西,既感觉不到冷,也感觉不到热。他的脚下,他的面前,出现的是行星地球。地球在他的下方,湛蓝、温馨、友善、真切。约纳斯就站在地球的上方。说不上是预感,他自然而然地便感觉到了右边月亮的存在。他感觉到了一阵无边无际的恐惧,因为他的意识告诉他,此时此刻所感受到的一切,既不是臆想,也不是梦境,更不是什么幻觉,而是真真切切的真实,是实实在在的当下。他真的凌空在地球的上方。

自己是怎么回到草地上的现实世界的,他全然不知。他发现自己坐在草地上,仿佛什么都没发生。周围的一切依旧是那么明晃晃地耀眼。

他闭上双眼,再睁开,眼珠有一种烧灼感。地图依旧摊在地上,那只蚂蚱依旧趴在地图上。在小家伙的后面,玛丽的身体转向另一侧,纱笼裙滑落下来,玛丽赤裸的臀部露了出来。约纳斯用手托住头,再次闭上眼睛,用食指和中指紧紧抵压太阳穴。他感觉到了自己涌动的心跳。他很想大叫一声,让自己从僵直状态中解脱出来，但是他发出的只是一声窒息般的呜咽。

他想叫醒玛丽。但是身体转不过来，手也够不过去。

他吐了一口唾沫。唾沫落在了草丛中。天空还是天空，地面还是地面。

5

这天晚上，他们找了一家便宜的出租公寓。玛丽在冲澡。约纳斯从房东那儿弄了一瓶葡萄酒，还要了两个杯子。走进房间时，他发现玛丽在桌子上准备好了两条白粉。

玛丽打开酒瓶。约纳斯的脑海里突然一个念头闪过，非常突如其来，他禁不住身体颤抖了一下。

怎么了？玛丽问。

忽然想起一件事。

能告诉我吗？

和你没有任何关系。我只是突然想起，以前从来没有问过安娜，那个男的是谁。

6

第二天早晨，玛丽在和她的母亲通电话，约纳斯则一丝不挂，赤身走到阳台上。他感觉不是很好，头很重，而且内心有一种难以名状的、无形的恐惧，可能是昨天晚上，自己的身体被输入了那些东西带来的直接后果。但是他不相信。

空气中弥漫着浓郁的乡村气息，夹杂着青饲料和牲畜的味道。在他的下方，几头母牛在牛圈里哞哞地叫。在峡谷的另一侧，一辆拖拉机正在陡峭的山坡上突突地来回开。一眼望去看不见乡村公路，但是可以隐约听见车辆疾驰的声音。黄蜂在嗡嗡地绕着房梁，鸟儿在叽叽喳喳地叫唤。太阳已经有些烈了。约纳斯又站了几分钟，然后退回到阴影中。

他看见一群穿着乡气的人，排着队沿街向前走，可能是要去教堂。接着又是一队人。孩子们穿的衬衣看上去很不舒服，约纳斯看着都不由地感到衣领扎人了。队伍中，上了年纪的女人们扎着头巾。队伍排列整齐。约纳斯为那些孩子感到难受。

但是看着看着，他也开始为队伍中的大人们感到难受了。

头脑里有一个想法，但是自己却不愿去想，你有过这种情况吗？他朝身后问。

我天天都是这样，玛丽一边把腿伸进短裤，一边大声说。我根本不需要去想那些还没有付清的账单，就足以站在餐厅的卫生间里了。

我说的不是这个意思。我说的完全是字面上的意思。我的思想在围绕一个想法打转。那个想法就在我的脑子里，我非常清楚，但是我却不想触碰它。

说来听听！这是一个什么样的想法？

已经好几个星期了，我不允许它在我的脑海里存在。一看见它，我就对它说，出去，滚出去！于是画面就变暗了！头脑里想东西的游戏你肯定知道：当你设想，一定要把某件事告诉某个人的时候，你接下来还会设想，把这件事告诉这个人会出现什么样的结果，接着还会设想，自己事后回忆起，在当时，也就是现在，早已把事情设想出来了，如此循环，不是吗？

这个我当然知道，玛丽说，但是经你这么一说，给人的感觉倒像是一种强迫性妄想症。

不管像什么，我此时此刻就有这种感觉。我有了一个想法，我的全部思绪都在围绕这个想法，我在想象，我是否在回忆有没有曾经把这个想法讲给别人听过，如果有，那么这个别人是不是就是你。想想看，我曾经想过，我是否在回忆有没有给你讲过……

好了，好了，别绕来绕去了！

有好几个星期了，每当这个想法出现的时候，我就不去想它。就如同你在街上亲眼目睹了一场交通事故的惨状，或者你在饭馆里看见一个人吃饭的样子很恶心，你会扭转目光。而我呢，我就是不去想它。

给她打电话！

谁？

安娜！

我没说安娜，这事和她没有关系！

那和什么有关系呢？

难道你认为会有人盼望着心爱的人死去，城市在一夜之间被洪水淹没，人在森林里被野兽撕碎，而他自己则自由自在地漂浮在宇宙中吗？约纳斯问。

有啊，斯大林！

我说的是正经的。会有人这么盼望吗？

肯定不会。

就是啊！要有也只有斯大林。因此这类事情的发生，完全是偶然的。难道不是吗？

你是说你自己吗？难道你飘浮在宇宙中？

别瞎说！你看得清清楚楚，我分明是在你的面前。这种事情的发生纯粹是偶然，你说是还是不是？

玛丽直直地瞪着眼睛，模仿计算机的声音说道：我的信息不够。

也没有多少信息，因为我的思绪必须围绕这一个想法。

他感觉到她把手放在他的脖颈上，凉凉的，很是舒服。他经不住她的压力，把额头紧贴在她的额头上。

哎呀，约纳斯。你又跑哪儿去了？

7

沿海一带首先映入他们眼帘的风景并不美好。玛丽觉得建筑设计很粗糙，而且旅游商业气息太浓。约纳斯则讨厌这里游戏厅太多。他们来到一座村庄，这里只有一个加油站、一个食品店，和一个已经破落的小马牧场。通过加油工的指点，他们找到了一间出租房，不过房门口并没有挂此房出租的牌子。

第二天早晨，他们在加油站吃早饭。不时有房车或者拖有宿营拖挂的汽车从加油站前驶过。肥大的苍蝇围着油腻腻的盘子飞。加油工出来的时候，只顾着和玛丽说话，丝毫没有要把桌子收拾一下的意思。不知怎么地，约纳斯在他的脸上看到了一个大洞。

地方已经不错了，玛丽说，但还不是真正要去的地方。

他们沿着海边连续开了几个小时，大海时而展现在他们的眼前，时而隐匿在丘岗之后，只能感觉到它的存在。有一段时间，天看上去要下雨，但是从海上刮来的潮湿的海风很快便把云团吹散了。道路时而拐着急弯沿着光秃秃的山岗蜿蜒而上，时而笔直平坦让人能把油门踩到底疾驰一番。他们两人轮番驾驶，速度都很快。

在一座山丘的后面出现了一座加油站，门前有三垛轮胎，约纳斯从来没见过垛得那么高的轮胎，高度甚至超过了房顶。他心中暗想，垛那么高肯定不安全。玛丽看到轮胎这样码放哈哈大笑起来。约纳斯正打算开个玩笑，忽然，也就是那么一瞬间，他再次感觉到自己被包围在黑暗的虚无之中。

他的右边是月亮，他的下方，比上次还要深得多的地方，是地球。不论是他的身体内部，还是身体的周围，都没有丝毫的动静。无边无际的黑暗。一片死寂。除了自己的身体，他什么也感觉不到，因为周围没有任何存在，所有的一切都消失了，他唯一的感觉是惊愕，因为他意识到他的身体感觉不到任何外部的存在。他在汽车里足足坐了有好一会儿。

你感觉到了什么吗？他对玛丽大声说。

他站在加油站旁，又对着玛丽大声喊道，你感觉到了什么吗？我身上发生了什么？

只感觉到你在叫喊。我说你究竟……

他没有听她说什么，而是迈着颤巍巍的双腿朝加油机走去，脑海中是那种妄想的虚无。什么都不要想。什么都不要想。

他给汽车加油。空气中弥漫着浓烈的汽油味。他咬紧牙关。咸咸的海风抚弄着他的脸颊和头发。他的心在沉闷地跳动，仿佛不属于他自己。他的汗水有一股刺鼻的味道，如同生病了一般。虽然挺暖和的，他还是竖起衣领，他要感受，他要自己的皮肤有一种实实在在的感受。

朝收银处走去的时候，他拼命回想，自己刚才究竟看见了什么。自己是不是真的看见了什么？是不是真的有什么在那里？月亮？地球？黑暗？还是什么都没有？除了自己什么都没有？

你怎么了？玛丽问。

我恶心。

是早饭的黄油，玛丽说，还是加油工的手指。

都有吧，约纳斯边说边把钥匙递给玛丽。

开了大约半个小时，来到了一片没有一丝文明踪迹的地方，四周围没有一座房子，也没有街道，举目望去，只有贫瘠的平原和被烧荒的灌木丛。玛丽踩下刹车。一群头戴花环的少女穿着舞动的连衣裙，迈着轻盈的舞步，从右边走上前来。她们胳膊挽着胳膊，唱着歌，微笑地看着玛丽和约纳斯，手在不停地抛撒鲜花。

这儿一片荒凉，什么都没有，玛丽说。她们从哪儿冒出来的？要到哪里去？

少女们不急不忙，她们扭动腰肢，围成圈旋转，高高伸展手臂，朝四周抛送飞吻。随着舞步的移动，她们朝一个陡峭的山坡下面跳去。她们前面的路上什么都没有，只有灌木、田野和稀疏的树林。树林后面的什么地方是大海。

玛丽耸了一下肩膀，把照相机放进包里。他们继续朝前开，一直到下一个地点都没有说一句话。他们在当地唯一的一家四星级酒店开了一个房间。房间里有迷你酒柜、空调、电视机、DVD，还有付费电视，淋浴间内甚至还有收音机。房间白色的墙壁上沾有红色的蚊子血迹。

约纳斯四仰八叉躺在床上，给丽娅打电话，让孩子接电话，孩子们的声音听上去很快活。他打完电话后，玛丽在床上的另一侧给她的姐姐打电话。

玛丽挂上电话后，他们两人几乎同时问道：都好吗？

托姆和克里斯在爬山，约纳斯说，他们好像不怎么想爸爸。

萨沙昨晚没睡好，他长牙了。他不在我身边，我是不是应当不放心？

没有什么应当不应当的，只要你愿意，你就可以不放心。我们到游泳池酒吧喝一杯吧。

游泳池酒吧是一座草棚，草顶的四周插有棕榈树叶。吧台服务生戴着一顶棒球帽，看样子最多不超过十六岁。有客人在游泳，也有客人在躺椅上晒太阳。有三个小伙子站在一米跳板上卖弄花样跳水。吧台边上有两对男女，坐在太阳伞下，啜饮调成五颜六色的鸡尾酒。空气中混杂着氯气和烧酒的味道。

玛丽冲完淋浴，一个鱼跃跳入水中，令那几个跳水的年轻人侧目。约纳斯指了指身边一个男人的酒杯，对服务生说：给我也来一杯。

他背对吧台，欣赏着玛丽高挑的身材。玛丽游到泳池边，扑哧扑哧地游不动了，伸手去抓约纳斯的脚。约纳斯及时把她拉上岸。在他头部的上方，悬挂有一台雷特罗汽车收音机，复古风格设计，巴掌大小的喇叭在播放夏日音乐。他旁边的一对男女已经醉了。另外一对不知躲到哪儿去了。

约纳斯一边用啤酒垫搭小房子，一边打量新来的客人。几个男人在喝龙舌兰酒，他们肌肉发达，属于健身型的男人，身体从上到下布满了刺青。一个上了些年纪的女人袒露着垂挂到肚子上的乳房，一手夹着一根细细长长的香烟，一手用搅拌棒搅动她的冰咖啡，同时还向约纳斯投来含义不明的目光。

玛丽依偎在他的身后。她皮肤上的水分已经蒸发了，但是皮肤还是凉的。她开始晃动约纳斯用啤酒垫搭建的城堡，但约纳斯没有遂她意地发出叫喊。玛丽把浴巾放在他坐的凳子上，转过身，在那帮刺青男的注视下，朝更衣室走去。

约纳斯在凳子上扭来扭去。太阳已经西斜。他缩着脖子，眯缝着眼睛。一间客房的阳台门是敞开的，里面传出管乐器演奏的音乐。约纳斯对面，一个人把身体撑出泳池，似乎是想上岸。但是他保持这个姿势没有动，死死盯了约纳斯一会儿，说道：

资本主义，酗酒。

然后缓缓地把身体沉入水中。

8

约纳斯找到了一家商店，里面有卖手机优惠卡。他给安娜发了一条短信。没有得到回复。

昨天晚上海水漫堤了，酒店柜台服务员说，说不定还会再漫几次，汽车过夜最好不要放在地下停车库。

漫堤？什么漫堤？

就是发大水！涨潮！

但是我们这儿离大海有好几百米呀！

不骗你！我们也觉得不可思议！

约纳斯盯着对方的脸看了一会儿，确认不是在耍自己。接着他耸了一下肩膀，从柜台上拿过钥匙。他把车开到网球场后面停下，球场上有两个上了年纪的男人正在兴致高昂地打比赛。

把钥匙交给柜台的时候，他发现餐厅旁边有一个音像店，很不起眼，可以租DVD回房间看。约纳斯租了一盘喜剧片，玛丽租了一盘恐怖片。

看完一部电影，天色开始朦胧。他们两人觉得累了，向客房服务要了咖啡。他们抱在一起躺在床上。玛丽的声音很大，虽然约纳斯的下身已经磨破了，做起爱来觉得疼，但是他还是跟在玛丽后面达到了高潮。

我要给你看一样东西，他说。

打开灯之前，他们先关上门窗，免得虫子飞进房间。他从旅行包里取出照片，那是他在每个月的1号给自己拍的照片，然后躺在玛丽的身旁。

知道什么是手指电影院吗？

玛丽点点头。一张张照片在你眼前迅速翻过，给人一种好像是在看电影的感觉。我小的时候玩过这种游戏。一叠纸，就像一月撕一张的挂历，上面有一个小人儿，每一张的动作都有一点小小的变化。

你现在看的这些和这个原理一样，约纳斯说。手上拿一沓照片，在眼前翻过。不过今天这个游戏最好我来做，因为你没有练习过翻那么多照片。翻得不好，效果出不来。

好吧，翻给我看看。

用手逐一翻过一沓一百三十多张的照片，的确不是一件容易的事情。约纳斯用均匀的速度，让照片逐一展现在玛丽的眼前。只见她的眼睛越睁越大,表情越来越僵硬。还没等他完全翻完,她惊讶地大叫了一声。最后一张是最近刚拍的。

这是谁呀?她惊问。

全都是我,不同时间的我。

不同时间?

差不多十多年吧,从二十四五岁到现在。

如果有人能再现不同时间的我,我愿意倾家荡产。

9

他们一连待了好几天。看着下午洒落在地面的光线,看着古朴的老房子在阳光下闪烁着醇厚的古铜色,约纳斯感到十分惬意。在早晨,天空的蓝色显得十分清朗,但是随着天色的渐亮,这种蓝色渐渐地变得柔和起来。约纳斯和玛丽在躺椅上打瞌睡,看书,聊天,身上涂满了防晒霜。他没有那种若有所失的感觉。只是到了晚上,才觉得特别想念孩子。

第五天早晨,他们继续驱车前行。在著名的童话森林里,他们迷路了。林子的中间矗立着一座宫殿,他们利用晚上的时间参观宫殿,还接受主人的邀请,在宫殿过了一夜。第二天晚上,他们睡在一辆宿营车上。车子一直停在一块专供宿营的营地上,租给客人使用。

他感到腰上被人捅了一下,于是醒了。天色还很黑。他朦朦胧胧地把身边的女人当成了海伦，着实吓了一跳，过了好一会儿，他才反应过来自己在什么地方，身边睡的女人是谁。什么事？他问。但是没有回答。他隐约觉得玛丽好像在挥手，定睛一看，才发现玛丽仰面躺在床上，用手指着自己的脸。他把身体挪近一点，发现原来有一只蝉在她的鼻子上爬。他小心翼翼地用手指慢慢靠近，小家伙一下子跳开了。玛丽笑了，她闭上眼睛，转过身，臀部紧紧抵在他的肚子上。他将脸靠在她潮湿的后背上，一只手握住她一个沉甸甸的乳房，再一次进入梦乡。

接下来的这一天，他们在玛丽小时候和家人度过假的地方散步。每一个地方都能勾起她的一段往事。她认出了微型高尔夫球场、购物街，还有那家挺大的冷饮店和游乐场。

一座教堂里传出了歌声。进去看看吧，玛丽说。

她拽着他的胳膊，把他拉到教堂大门口。朝教堂走的路上，他看见一块手写的牌子，上面的文字是：刚果式弥撒。

教堂里很阴凉。空气中弥漫着一种说不出来的气味，令约纳斯感到很舒服。它既不是香火的味道，也不是教堂一般都有的那种令人压抑的冷冰冰的石头味道，这种味道什么都不是。

一个老妇人跪在他的身旁。她的嘴唇没有在动。你也有过儿子，帮帮我吧，我不知该如何是好，不知道他的生活该如何过下去，给他指出一条路吧，求你了。

约纳斯挤了挤眼，猛烈地摇了摇头。

怎么了？玛丽问。

没怎么，他说。

前面的长凳上是一排黑人少女，她们年轻，穿着高雅昂贵，每个人都可以说是美人胚子。她们一边唱，一边和着乐队的音乐拍手。祭台上，五个神甫身穿一色的绿袍。歌罢，其中的一个神甫开始祷告，语言听不懂，可能是刚果话。

约纳斯环顾了一下教堂四周。外侧的过道上，一个孱弱的男孩儿在举着一个硕大的木十字架。在十字架的衬托下，男孩儿显得是那么地弱小，不起眼。圣母呀，让我成为你的一员吧，让我成为你的孩子，让我属于你吧，请赐予我另外一副和伴随我成长的这副身躯完全不一样的身躯吧。我不是男人，这是一副虚假的躯体，我犯下了罪孽，啊，我犯下了罪孽，但是我和你一样，也是一个女人。

教堂的前方没有耶稣钉在十字架上的形象，取而代之的是一张非洲大陆的地图，地图上的刚果被画成一个血淋淋的心。忏悔的长凳上摆放着一些语意含糊不清的警句格言。点缀祭台的是从家装市场买来的圣诞饰品，天花板下悬挂着烛形灯泡。一个戴着头巾、模样令他想到安娜的年轻女人屈膝跪下。天父啊，我虽然只是一个普通的女子，但是我知道什么是不公，我的遭遇就是不公，因为这不该发生在我的身上，因为你知道，她不如我。

一个和托姆年纪差不多的黑人小男孩儿坐在乐队前排的一个男人腿上，敲击面前的一面鼓。那个男人，估计是他的爸爸，虽然鼓声已经干扰了致辞，但是他一直不做任何反应。到最后，他才轻轻把孩子的手拿开,把嘴唇贴在孩子长着卷曲头发的小脑袋瓜上。天父啊,我要和平,我要和平的生活,我再也不打艾米丽了,我犯下了罪孽,我要内心的和平。

你怎么了?玛丽问。

没怎么,他轻声回答,我又能怎么了?

是不是不舒服?

前面的人朝他们嘘了一声。约纳斯做了一个对不起的动作。

到了下一只歌,大家不仅跟着一块儿唱,而且还跟着节奏拍手。坐在长凳上的信徒们也跟着唱,跟着拍。一个白人醉醺醺地走进教堂,脚步踉跄,他盯着祭台上的乐队看了足足有一分钟,忽然,他一下子脱掉上身的T恤,俯卧在地上,沿着中间通道,朝祭台爬去,一边爬,嘴巴还一边不住地嚎叫。即便你不喜欢我了,即便你过去从没有喜欢过我,我还是要说,我喜欢你,但是眼前的这一切,眼前的这种生活我不喜欢。啊,上帝啊,帮帮我吧,尽快帮助我吧。

神甫边唱边去抓装圣水的容器。他左边洒点圣水,右边洒点圣水,为乐队祈福,丝毫不理会地上那个执拗的白人。你们都是迷途的人,上帝的福音能拯救你们,但是我不相信你们!你们是一群无赖!你们没有,也不可能有真正的信仰。接受这个福音吧,证明你们对得起这个福音吧。不过我知道,你们不配,而且永远不配上帝的福音。

约纳斯敲了一下玛丽的肩头,朝外走去。在教堂一侧,他靠在围墙上,不让自己摔倒。他强迫自己什么都不想,让自己把注意力集中在四周的声响上，空气中悬浮的食品的味道上。他的正前方：一望无际的大海，静默的湛蓝，白色的花冠。

他们在满是游客的地方漫无目的又转了一圈。低沉的广场音乐和隆隆的迪斯科交相呼应，游戏厅一个接着一个，每隔五米就有一个卖冰激凌的小卖部。玛丽突然把约纳斯拉到面前，毫无征兆地把舌头伸进他的嘴里。她给一个上了年岁的妇人捡起被海风吹走的太阳帽，踏上一个摔倒的男孩子的滑板。约纳斯跟着一群在玛丽身后嘻嘻哈哈的捣蛋鬼找到了她。她坚持要和约纳斯一起，同一只小老虎合影，因为她小时候就拍过这样的照片。她还信誓旦旦，声称那个在步行街为老虎照漫天要价的男人就是她小时候给她拍老虎照的那个男人。

广场后面，一个大屏幕上正在转播足球比赛。刚刚进了一球，人们激动得又是拥抱，又是喊口号。约纳斯停下脚步。这种场面总是会令他心烦意乱。电视里是在现场转播一场在另一个大陆进行的比赛，还是只是报道邻近某个地区的新闻，这都无所谓，他感到神奇的是，实际上还存在着另外一个现实。他在此时此刻的存在并不是这里唯一的现实。

不会是碰巧吧，他直接问道。

是碰巧，玛丽回答道，没有一丝犹豫。

一个小男儿坐在街边哭了，他的鼻子在淌血。玛丽坐到孩子身边，用手围住他的肩膀。

你怎么啦，可怜的小家伙？是不是摔倒了？

孩子点点头。玛丽取出一块手帕，用矿泉水打湿，给孩子擦脸。

你叫什么名字？爸爸妈妈呢？

小男孩一声不吭。玛丽给他擦干净脸，又给他水喝，接着在自己的包里摸出一块口香糖给他。

我们能帮你什么吗？是不是很疼？

男孩儿的脸上现出奇怪的笑容，他摇了摇头，用脏兮兮的小手去抓玛丽的头发。玛丽让他摸了一会儿，然后给了他一枚硬币。孩子抓过硬币，一跃而起，闪电般地消失在围墙的后面。

越接近大海，街道越脏。街道的水洼里漂浮着垃圾，路边石头上蒙着一层层黑乎乎黏糊糊的东西。一个酒店门前，两个男人在争论着什么。玛丽把太阳镜推到头顶上，问他们俩：这里怎么会这样。

其中一个留小胡子的男人说，都是水闹的。昨天夜里，水把全城都淹了。他指着旁边的男人说，我们在给车库抽水。旁边的男人看上去弱不禁风，脖子上垂着两条难看的辫子。

水从哪儿来的？

大海！

约纳斯转过身。海浪吐着白沫翻滚的地方正是海水退回去的位置，距离这里差不多有两百米。

河水泛滥漫过堤坝，这种事说来我还相信，玛丽说。但是海水怎么也会这样？

您在我们这儿要住上一个星期，我可以慢慢给你解释。眼下我们唯一希望的是不要再发大水。水不仅会毁了街道、房屋和汽车，更糟糕的是把下水道全堵住了。您想象不出我的地下室现在是什么模样！

海滩边，躺椅和遮阳伞被海水冲成一堆一堆的。沙子变成了深褐色，差不多已经黑了，而且硬得像水泥。他们穿着鞋，沿着海边漫步。有手机在响。因为铃声不熟悉，所以等约纳斯反应过来是自己的手机时，对方已经挂了。于是他给安娜拨回去。

我们正在一个令人毛骨悚然的地方散步，他说，你怎么样，有什么新消息？

我没有新消息，但是你有。你有了一个新上司！

是维尔纳？如果你专门为这事打电话，那肯定是维尔纳！

他笑了，但是还没等她回答，他的笑声就已经僵住了。他一边听，一边用鞋尖挖沙子。

不是维尔纳。那个老家伙，名字我没记住。

宋德海姆？他再一次笑出声来。开玩笑吧？

对，就是他。你最好给他打个电话。

其他呢？

其他就再说了，安娜说。下周见。

约纳斯给托姆和克里斯打电话，问他们是不是看到老鹰了。孩子们跟他说了一些新的稀奇事。丽娅装成孩子的声音，在后面对话筒说，我们都很好，孩子他爹，你只管开开心心地度假吧。

已经过去一半了，约纳斯说，再睡七次觉，我们就见面了！

七次算不算多？托姆问。

10

他们开车经过的每个地方看上去都很破落、很寂寞。看不见大型的度假轿车，街边停的全是锈迹斑斑的小型车，一些毛刺刺的猫借着汽车的阴影躺在街边睡觉，它们身上的肋骨清晰得可以数得过来。满脸皱纹的老人们迈着沉重的脚步，有的身上背的是土豆袋，有的背的是汽油桶。所有地方都没有像样的酒店，最多只有一两个小客栈，甚至连海滩都没有。

在笔直的乡间公路上，在一无所有的空旷之中，那种以世界消失为先兆的短暂的出世感再一次朝他袭来。在那一瞬间，他仿佛悬浮在无依无靠的虚无之中。

四周是黑沉沉的一片。他的手应当在的地方，他的胳膊应当在的地方，是黑洞洞的一片。他的腿应当在的地方，亦是一片空无。漫无边际、无休无止的寂静。他内心的感觉虽然可以用大功告成来形容，用经过跋涉抵达终点来形容，但是仍然微不足道，不足以对他有什么帮助。在遥远的某个地方，他看到了一个闪烁的蓝点。除此以外，他什么也没看见。

也就是喘口气的工夫，他重新回到了汽车里。

我是不是有什么不对头？他喊道。我是不是有什么不对头？

你看上去有点儿怪怪的。

玛丽靠边停下。约纳斯猛地打开门，呕吐起来。

我们还是休息一会儿吧，玛丽说。

到了下一个地点，她带着他走到一面石墙前。从这个位置可以无遮无拦地看见广阔无垠的大海。过了几分钟，她回到约纳斯身边，把一个碗端到他的眼前。

喝汤，对循环系统有好处。

汤的颜色很深。虽然汤很烫，而且味道是苦的，但他还是一口一口地把汤喝完了。过了一会儿，他的头能扭动了。

刚才怎么了？玛丽问。

不知道。一个意外吧。我刚才是不是不在了？

你说不在是什么意思？昏厥？

就是说我的身体不在了。

你是说在刚才开车的路上？我没有发现。

那就是意外了。

嗯，是意外。我说，回家后你应当去看医生。我真的为你担心。我可以把我的医生介绍给你。不管你有什么问题，他都能帮上你。没有什么糟糕的。你是一个人，所以会有这样那样的小毛病，很正常。

我不喜欢咬文嚼字，但是你刚才的话自相矛盾。再说我认为不是所有的医生都能对路子。

这是肯定的，不过我的医生相当不错，我认为是这样。

远方传来轮船的鸣笛声。约纳斯把空碗放在旁边的栏杆上。

我不是这个意思。我的意思是医生的类型不对。一两句解释不清楚。这样说吧：对你来讲，某个医生再好不过，但是对我却是灾难。同一个医生，能治得了这个病人，不代表能治得了那个病人，因为医生和病人相互不匹配。一个好医生，一个听话的病人，某种疾病，病治好了。一个好医生，换了一个听话的病人，同样的疾病，病却治不好了。

如果你想要随便找个医生看看，我没有意见。但是我的医生是不是对路子，你体验一下就知道了。

我只是在问自己，有没有医生真的能帮上忙。

11

一个渔民把他去世婶婶的房子租给他们住。房子很小，里面的东西也都很小：桌子，椅子，床，蜡烛台，杯子，等等。令他们感到意外的是，楼上有一个台球桌，岁月在上面蒙了一层厚厚的尘土。旁边的房间里甚至有一台三角钢琴，他们猜不出来，钢琴是怎么抬上去的，肯定是要通过楼梯狭窄的房门，因为二楼的窗户小得就像船的舷窗，根本不可能用来搬运钢琴。

这一天约纳斯过得很累，心里充满了那种如同大病之后既坚定又疲惫的感恩之情。他在玛丽的陪伴下在街上散步。能在这样的地方散步，抚摸玛丽，抓挠流浪猫，远眺大海，看着渔船停泊在木栈桥上随浪起伏，巨大的油轮在海平面上滑过，他的内心很是幸福。他对自己，和自己拥有的一切心满意足。

12

第二天早晨,街上到处都是人,大家都出来清扫街上的海草和淤泥。海潮甚至打坏了码头上的一个车库门。好在渔民婶婶的房子坐落在一个小丘上,汽车没有被淹到。

约纳斯和玛丽在一个渔民小酒馆吃早餐。到处都在擦洗,有动作缓慢的老人,也有还不大灵活的孩子。约纳斯和玛丽交换了一下眼神。约纳斯叹了口气,把吃剩一半的三明治盘子推到边上。玛丽向餐馆老板要了一块抹布、一把刷子和一个水桶。

约纳斯负责刷,玛丽负责搓抹布、打干净的水。他们和周围的人一块儿干活儿。玛丽穿一件宽松的、已经洗得褪色的无袖T恤,脑后扎了个松松的马尾。两个小时过去,街道和空地上覆盖的淤泥和垃圾都被清除干净了,院墙看上去已经不需要重新粉刷了。

餐馆老板给约纳斯和玛丽送上一杯烧酒,自我介绍说他叫弗兰库。约纳斯和玛丽伸手和他握了一下。约纳斯只喝了一小口,倒是玛丽把两杯全喝干了。她两眼通红,和几个渔民玩起了扑克牌,结果赢了,可以在婶婶的房子里免费续住一个星期。

他们在沙滩上躺下。玛丽打开笔记本电脑,搜索关于此次大水的新闻报道。

不会有报道的,约纳斯说。他闭着眼睛躺着,一门心思注意着视网膜上的痕迹,这些痕迹像气球一样,在他的眼皮后面漂浮。

你为什么认为不会有报道？

因为这都是意外。

没有事情是意外，约纳斯。

其他事情不是意外，但是这个是意外。

你为什么这么认为？

我也不知道。我也不可能去往下想，因为我必须尽量不思考。我只能希望它可以停止，不再发生。

他很早就睡着了，已经有好几年没有这么早了。醒来时，太阳悬挂在窗户的位置。他瞥了一眼身边还在睡觉的女人。她嘴巴微张，面部表情很放松。

他轻轻穿上衣服，吻了一下玛丽裸露的肩膀，出门去散步。虽然还很早，但是路上已经变得熙熙攘攘，他被裹入人群中。一个画家，头扎小辫，戴一顶巴斯克无沿软帽，支起画架，开始临摹凡·高。他的女人是给人算命的，此刻正在她的算命台后面，给一个坐在她椅子上的男孩儿剪头发。那个肥胖的酒店老板，睁着惺忪的眼睛，脸还没有刮，肩膀上搭着一块油腻腻的洗碗布，给约纳斯端过去一张小桌，又在门前放了一张小凳子，然后给约纳斯送上一份报纸。

你起那么早干什么？弗兰库做出脸颊靠在女人身上，抚摸女人腰肢的动作。为什么不和你的女人睡觉？

你呢？约纳斯问。你为什么不和你的女人睡觉？

弗兰库用洗碗布驱赶着苍蝇。你看一下我的女人就知道了！他大声说。

约纳斯没看报纸，把报纸放在一边。他喝咖啡，揉掉眼睛里的眼屎。也就是几分钟，云涌上来了。起风了，约纳斯起了一身的鸡皮疙瘩。不时有上了年纪的男人状态委顿地从身边走过，他们脸上饱经风霜，眼神无精打采。他朝他们点头示意，他们当中的大部分也会回以点头示意。

那个刚才让算命女人剪头发的男孩子这会儿独自一人在玩球。院墙上靠着一辆自行车。餐馆里传出餐具碰撞发出的金属声、咖啡机沉重的运转声和弗兰库的咒骂声。这会儿的时间是七点半。

自行车早晨会累吗？约纳斯问男孩子。

自行车？男孩子反问道，会累？

约纳斯开始发短信，给安娜、维尔纳、尼娜。他给乔伊打电话，想知道亚斯托的情况，他知道乔伊一向起得早。

一………一切……好，乔伊说，那……那个……

我回家的时候，你要把它还给我，约纳斯说，还记得吧，我们讲好的。记得吗，乔伊？

当……当……当然。它……它是一………一只高……高贵的猫，一………一只荣……荣耀的猫！

说得很对，乔伊。给我好好照料它！照看猫，谁也比不上你！

八点了。约纳斯给玛丽发了一条短信，告诉她自己在哪里。其实她能猜出来他在什么地方。弗兰库把桌椅全搬了出来。约纳斯朝路过的老人们点点头，搓着冷得有些发抖的胳膊。

13

他们一天又一天地延长休假。三天，四天，五天。在渔民婶婶的房子里，他们自己烧饭，打台球，看 DVD，做爱。他们还经常躺在海滩上。有一次竟然有一只小螃蟹爬了出来，轻轻地夹了一下玛丽的脚指甲。她没有动弹。螃蟹看样子是在研究她的脚。玛丽就这样直挺挺地坐着，小家伙则围着她的脚张牙舞爪，不过最后还是消失在了海水里。

他们在弗兰库的酒馆里待的时间也很多，约纳斯看下棋。玛丽坐在酒馆旁边的草地里看书，T恤衫卷得高高的。给玛丽送一杯葡萄酒或其他什么小吃的时候，他会利用这个机会，给她放一遍手指电影。她喜欢看他的手指电影，有的时候会让他把十年一下子全放完，有的时候会让他把夏天的照片单独挑出来，或者把冬天的照片挑出来，有的时候只让他放春天的镜头。

14

那几个渔民要教他下棋。他只下了两盘……

我做完了。安娜说。

什么做完了？

我去了医院，做了几个检查。

结果怎么样？

约纳斯绕过房子，靠在院墙上。脖子能感觉到砖瓦的冰凉。

告诉你，约纳斯，我什么事都没有。

再说一遍。

我很健康！他们又做了几遍检查，结果很清楚！医生说，这种情况他从来没有遇见过！

太好了！约纳斯说完，合上手机，把手机扔进垃圾桶。

……结果发现自己在下棋方面没有任何才华，再说……

有什么新消息？玛丽问。

他把情况讲给她听。他们相互对视了一会儿。

意外，玛丽说。

……他更喜欢坐在旁边看棋，看两个巨人吞云吐雾、骂骂咧咧、挥舞胳膊地捉对厮杀。坐在他们旁边消磨时间，不必考虑未来，没有任何目的，只感受眼下这一刻。

15

弗兰库一把抓住他的手腕，把他拽走。约纳斯刚刚在阳光下打了一会儿瞌睡，走起路来还有点跌跌撞撞，他跟在身材魁梧的酒馆老板后面，顺着街道往下，朝码头方向走去。他此时此刻慵懒得甚至不愿意开口问，他们这是上哪儿去，弗兰库要带他干什么。显然约纳斯的顺从令弗兰库有点儿不知所措，他大声呼喝，仿佛是在回应某种抗议：

你待会儿就能看见了！别那么不耐烦！我有一样东西给你和你的女人！

弗兰库带着他走出港区，经过几栋算得上高档的度假别墅，朝一个偏僻的栈桥走去。他脸上摆出一个夸张的表情，一边指着水面，一边用洗碗布驱赶虫子。这块洗碗布他一直搭在肩上，还用它擦额头上的汗。约纳斯走到栈桥的终点，一艘摩托艇赫然出现在眼前。

海岸快艇，改装的，弗兰库介绍说。专门为像你这样的人改装的。完完全全未经许可。当然不像原装的那么快，但是仍然比普通快艇要快上三倍。

是谁的？

我哥哥的。今天和明天可以归你们使用。这里的人都知道它，但是尽管如此仍然不要冒险停泊到其他地方，他们会当场扣留你们，扣押快艇！

我担心我可能开不来，估计比开车复杂吧？

我刚才说过了，就是给像你们这样的人改装的！说句难听的，傻瓜都能开！

餐馆老板喘着粗气顺着软绵绵的木梯子爬下去。约纳斯跟在后面。在他们的体重下，快艇摇晃得不像他想象的那么厉害。

好了，弗兰库歇了一会儿后说。看见这个手柄没有。一、二、三、四，一共四挡。一二挡之间马力没有大的变化。但是从二挡切换到三挡，你的手一定要在把手上抓稳了。最好戴上头盔。三挡的速度是五十节。朋友，你知不知道，五十节的速度有多快，翻滚起来是什么样的速度？

四挡有多快？

三挡足够了，弗兰库说。

四挡有多快？

三挡足够了！

四挡是不是非常快？

你永远也不要开到四挡。握手发誓！看，这只手里是快艇钥匙，先是你的手，然后是我的这只手！

告诉我，弗兰库，到底有多快？

握手发誓！

我向你保证，永远也不开到四挡。握手发誓！如果开到四挡，就让我的手烂掉！

弗兰库满意地笑了。约纳斯终于可以从他脏兮兮的食指上接过钥匙。在回餐馆的路上，约纳斯装作漫不经心地说：

告诉你，开船的是玛丽。

他说完朝餐馆老板侧瞄了一眼。过了有一会儿，老板才反应过来。他骂骂咧咧地挥舞洗碗布，把约纳斯赶回餐馆。离餐馆还有点儿距离，约纳斯就大声朝玛丽喊，让她赶快收拾东西。他转过身，发现餐馆老板已经不跟着他了，而是像一头浣熊，靠在一棵棕榈树上，喘着粗气，向他们挥手打招呼。

约纳斯和玛丽朝快艇里扔了一条被单和浴巾。约纳斯顺着小丘把冷藏袋拖到栈桥上。在一个小店买了水果和酒。玛丽还带上了她的迷你立体声音响。

你做事不会只做到一半吧,他问。

我外出旅游从不半途而废。

东西都带齐了?他问,开瓶器?

第一个装的就是开瓶器。

那好,出发!

快艇的操控的确不复杂。按下按钮,发动机发出低沉的轰鸣。约纳斯把挡杆推到一挡,几乎是在同一瞬间,他被巨大的推力按到了座位上。

够劲儿!玛丽喊道。挂二挡!

过了浮标再挂。我不希望给人制造麻烦,我们不希望,弗兰库的哥哥也不希望。

二挡!玛丽继续喊道。

遵命!他高声附和。

他把手柄朝前推。巨大的加速度再一次把他向后挤压,发动机的轰鸣更响亮了。不能完全掌控某一样东西,反而给他带来了更大的刺激感。只是一瞬间的工夫,标志港区范围的浮标就被抛在了身后。

三挡!玛丽高声叫喊,把墨西哥草帽夹在膝盖间。我要三挡!

快艇猛地一跳。约纳斯顿时被一股巨大的力量压向后面,他感觉到快艇马上就要前仰,开始打滚了。潮湿的风鞭挞在他的脸上。他拼命让自己保持均匀呼吸。玛丽用手捅了一下他的腰。

不要急,悠着点儿!

让我来！让我来！她尖声喊道。

这个速度我们没法儿换位置！他大声说道。

那你就把挡挂回去。

好吧，谁叫我答应你了呢。

约纳斯把速度降到二挡，让玛丽掌控方向。玛丽把帽子递给约纳斯。约纳斯把帽子随手放进冷藏袋里，这样好把手腾出来。他用脚抵住仪表盘。

准备好了吗？玛丽问。

约纳斯用手紧紧抓住一个破旧的把手，点了点头。玛丽把速度推到三挡。她并没有留出足够的时间让他们俩适应这个速度，而是用扬扬得意的眼神盯着约纳斯，把速度提到了四挡。

他感受到了发动机的威力，心里不禁想，天啊！

快艇以足以起飞的速度向前飞去，在海面上跳跃，发出震耳欲聋的声响。约纳斯脸上浮现出歇斯底里的笑容。玛丽拂开脸上的头发，朝约纳斯点头。

我经历过那么多飞行，这个最接近我的飞行梦想，她大声说。你怎么了？你怎么了？

我怎么了？他反问。

你的眼神怎么这样？

我只是在看你。

很好！

她微微朝右画了一个圆弧，兜个大圈避开一艘帆船，免得船尾浪扰乱帆船。她继续往外海开去。就在这时，他们进入了一个强浪区，而这个时候玛丽的精力显然有点下降，快艇腾空跃起，重重地撞击在海面上。完了，完了，约纳斯心想。快艇跃起，撞击，跃起，撞击。快艇撞击海水越来越深，足以掀翻快艇的尾浪疯狂地拍打在后甲板上。约纳斯哈哈大笑起来。玛丽把速度重新调回三挡，让快艇平稳前行。

我们差点儿变成鱼食了，玛丽说。

别胡说！你控制得很好。

我们不想给大自然增加没必要的负担。

她调到二挡，把方向盘交给约纳斯，然后保持身体平衡，朝后面走去，想看看他们的储备，尤其是她的迷你立体声音响，在度过了刚才这一劫后，是不是还完好无损。过了片刻她告诉约纳斯，后甲板盖密封得很好。她用两个塑料杯倒上威士忌，加上冰块，递给约纳斯一杯，然后坐到他的身边，用涂着紫罗兰色指甲的脚抵住仪表盘。

约纳斯继续向前直行。每次回头眺望，陆地都会变小一轮，越往后越模糊，到最后岸边在哪儿只能靠猜想了。外海的浪头也很沉重，但是他已驾轻就熟。快艇保持均匀又强劲的速度，劈波斩浪，一直前行。

汽油够不够？玛丽问。

有两个储备油桶，理论上讲我们可以……

但其实我很想去看看对面的那座岛！

约纳斯顺着她端杯子的手示意的方向看去。一座小岛，几乎没有植被，看不见有房子。约纳斯看了一下表，十一点。

肯定不是海岸警备队的根据地,他说。

16

在一个由几根风化的木条搭成的简易栈桥上,他们系泊上岸。走了一圈后,发现岛上荒无人烟。但是尽管如此,这里看来仍然是受人欢迎的旅游胜地,因为他们发现了篝火堆和烧黑的砖石,还有一些垃圾。

约纳斯登上快艇,把被单、浴巾、袋子和立体声音响递上岸。他用一只手拎着沉重的冷藏袋,另一只手抓着一个已经松动的木桩,把自己拽上岸。

他铺开被单。一只小蜥蜴探着舌头,尖叫着消失在一棵树干背后。等玛丽拿来照相机,它早已不见了踪影。

我再游一圈,反对吗?

尽管去游吧,我反正要忙活这些东西。

她脱光衣服,朝栈桥走去。约纳斯摆好冷藏袋,把袋子里放不下的食物放在灌木丛淡淡的阴影下,灌木因为干枯发出咔嚓咔嚓的响声。他用一块帆布在被单上撑了一个临时的遮阳棚。忙活完了,他给自己倒了一杯啤酒,打开音响。音响没有声音。他已经料到这个玩意儿经不住航海的折腾。但是随后才发现是电池没电了。他换上新电池,低声播放音乐,脱光衣服,躺在被单上。

玛丽喊他。他给她送去一条浴巾。玛丽待在栈桥上没动，眺望大海远处。

我们肯定还会再来的，她说，不过不是我们两个人。

不是我们两个人？

还有一些人，他们也想到这里来看看。

怎么还是一些人？他问，究竟有多少人？

除了我们，眼下还有三个人，她说，然后拥抱他。

眼下？

重点强调的是眼下。

17

玛丽高举小盐瓶，说：我小时候最大的一个谜。

什么意思？

小的时候我总是问自己，为什么会有那么多的盐够所有的人吃。我听说过盐场，也听说过盐矿，但能有那么多盐够所有人吃，这实在是不可思议。每次看见妈妈抓一把盐撒进锅里，我就在想，这怎么可能呢？世界上有数不清的锅，而且每天都要烧，怎么可能采出那么多的盐，让所有的人都够吃呢？

说句老实话，我到今天也没有弄明白，约纳斯说。

你小时候最大的谜是什么？

我要想想。

要快！

为什么要快？

因为这种问题应当脱口而出！

别人是不是在活着，他说，这就是我最大的谜。

别人是不是在活着？

我总是问自己，别的人是不是真的在活着，还是都是做给我看的。他们是不是都是真实的人，还是只是四处晃荡的壳子。

十足的唯我论者！我讲的是童年中对盐和锅的记忆，你却用恐怖的存在主义来吓唬我！就知道吹牛！

不是你问的吗。

是的，但是你怎么会想到这个。

因为我无法想象，这个世界有那么多的不幸，而真实的人却不得不真实地忍受这些不幸。其实我完全可以想象，只是无法相信罢了。

但是你怎么会有这种想法的呢？它一直存在于你的脑海里吗？

是一个邻居，他说。

什么？邻居？是他讲给你听的？

我无法相信别人是有感觉的。我无法相信我的那个邻居，扫路车从他身上碾压过去的时候，他是不是真真切切地感受到了碾压。他的疼痛对我来讲没有任何意义，他为什么万分恐惧、颤栗不止地躺在扫路车下，忍受着生命最后的几秒钟？他为谁在忍受？他的那种恐惧说穿了，不过是一种荒唐。恐惧有什么好处？有什么用处？他不可能真的恐惧，他也不会真的恐惧，因为否则的话，这个世界就变成了一座屠宰场。最后我还是自己找到了答案：这一切都是演给我看的！也许是为了让我对扫路车有所顾忌，或者是为了让我看见它：死亡。然而真实情况是，邻居并没有真的痛苦，他并没有真真切切地感受到死亡，因为对他来讲压根儿就没有死亡。

这种想法你现在是不是已经抛弃了？玛丽问。

哼。

玛丽随之也哼了一声，然后躺下。

你是不是有时还会想海伦？玛丽问。

天天想。

天天？

不过，天天想海伦的是你，约纳斯说。

是我？

是的，是你。

是你，你才是。

一艘客船在距岛几百米的地方驶过，引出了一群海豚跟着船舷跃上跃下。一只螃蟹爬上沙滩，然后钻进沙子里。两只海鸥啾啾地叫着，落在离栈桥不远的地方。那只蜥蜴又出现了，而且又发出了叫声。太阳消失在云彩后面时，能感觉到温度的下降。在这一瞬间，嘈杂的四周变得安静了，传入约纳斯耳际的只有海浪拍岸的声响。

我也希望自己能有这样一套,玛丽一边播放手指电影院,一边说。

说干就干,约纳斯说,今天是第一天。

他从包里取出照相机。玛丽摆好姿势。

不是我给你拍,他说,应当是你给自己拍。

有道理,她说,然后从约纳斯手里接过相机。

她的身体咸咸的。他什么都没想,完全返归了一种植物性的状态,但同时又深深感觉到了她密实的存在。在她的身体里,在她的身体上,他感受到了这种感觉。她的眼睛紧贴着他的眼睛,她的舌头在他的嘴里,她的手臂在他的背上,她的声音在他的心里。

18

接下来,他们睡着了。

接下来,他们醒了。

接下来,他们又睡着了。

19

他感觉到她的手在自己背上抚摸。他想有所反应，但是却再次沉入梦乡。梦境中充斥着这座小岛提供给他的色彩、声响和动感。他再次睁开眼时，已经是下午了。太阳离开了原先的位置。玛丽的腿已经不在阴影中了。他给她的腿盖上被单。

四下没有一丝声响。约纳斯浑身上下汗津津的，腹部，后背，脖子，特别是头发。他半梦半醒地拿了点儿喝的。冷藏袋旁边有一块沉甸甸的大石头，上面用拉丁语刻了一行字：

约纳斯，爱你到永远

她刻字的那块尖石头被塞在一个凹洼的地方。她刻这些字用了多长时间？

天气比较热。四周静悄悄的。他重新在她身边躺下，把脸埋进她的头发，闭上眼睛。

20

咦，怎么回事？玛丽惊呼道。

他睁开眼睛。玛丽站在岸边不远的地方。

怎么了？

快来看海面！她大声说道。

他朝海面望去。但是什么都看不见了。暴露在他们眼前的是一片奇特的景象。礁石上布满了珊瑚和贝壳，还有他以前从来没有见过的植物，还有深深的海沟。不时有鱼用尾鳍沉闷地击打刚才他还躺在上面的岩石。

他们两人朝栈桥跑去。快艇卡在十米深处的一个礁石缝里。他们面面相觑。玛丽的目光变得十分严肃，鼻翼开始抽动。她把头发在脑后扎成结，但是紧接着又松开。

也许事情不会那么糟糕，她说。

约纳斯没有说话。他看着她，看她的腹部，她的双腿，他自己赤裸的脚。他看自己的脚趾。看地面。

他们四处瞭望，寻找可以躲避的地方，可以逃避的地方。但是他们什么也没有看见。约纳斯用一种抱憾的神情张开双臂。然而就在这一瞬间，他感到了解脱。该发生的总会发生，他说。

是的，玛丽说。

她朝他走去，将双臂搭在他的肩上，看着他。他们相互拥抱。忽然，四周传来尖利的呼呼声。循声望去，成千上万只蜥蜴尖叫着朝他们的方向涌来。它们在他们赤裸的脚边急窜而过，或消失在下方的洞穴中，或钻进石块缝中，还有一部分爬进空心的树干中。那些没有找到栖身之地的蜥蜴，则在栈桥那里，纷纷坠入了深沟之中。

21

　　远远的像是有什么东西。一个黑乎乎的东西升腾起来。肯定是错觉，或者是反光，因为看上去很远，不可能有那么大。

　　有这么一瞬间，世界仿佛停止了转动。除了约纳斯，一切仿佛都变僵了，唯有他体内的生命活动没有停止，在推着他，缓缓地，却是坚定地向前行。

　　一秒钟。又是一秒钟。

　　连续镜头。

　　又一个黑乎乎的东西在地平线的左面升腾而起。高高腾起，朝中间蔓延，和先前的那个黑乎乎的东西融为一体，然后升腾，不断升腾。一堵墙朝他移来。一边移动，一边膨胀。这个朝他移来的东西，还从来没有人类的眼睛目睹过。

　　玛丽的嘴唇在动。但是他听不到她。他聋了。

　　他眼中的世界景象在晃动。停留了一秒钟。一艘巨大的油轮头冲下插进海浪里，船首向下，船尾翘起，在浪峰上露出一小截。在这一瞬间，这一堵由水组成的墙展现在他的眼前，如同一幅画。他看见了油轮、小船、帆板、渔船、快艇，甚至还看到了一架运动飞机。他看见了数以百万计的鸟。其中有一只他不知是什么种类。他看见了一个和房子很像的东西。

　　黑色的海浪在不停地奔涌。约纳斯觉得自己仿佛在朝一座山上飞去。

　　他朝玛丽转过身。她显然已经注视他很长时间了。他眼前的画面像有划痕的 DVD 放映一样，开始出现马赛克。一秒钟的静止画面。时空重新融为一体，但紧接着又相互分开。虽然玛丽距离他有一米远，但他还是感觉到了她的肌肤。她注视着他，没有胆怯，没有忧伤，目光坚定，充满了安慰。他向她瞳孔中的虹送去问候。

海浪翻滚上来，阳光黯淡下去。夜色降临。但是他仍然能清楚地看见玛丽在向他点头，充满了鼓励。他感觉到了她搭在他肩上的双手。他也同样向她点头。我要，我能实现。

22

这一瞬间的她才是她。一秒钟。只有一秒钟。一个偶然的、漫长的、年代久远的一秒钟。此时此地，古往今昔，万万亿亿个一秒钟的一个。

出版后记

"夜晚的主题是奥地利超现实末世文学的伟大传统,从卡夫卡到库宾,无不如此。"《新苏黎世报》曾这样评论托马斯·格拉维尼奇的作品。的确,在格拉维尼奇的笔下,我们能够看到他对这项伟大传统的继承。

在这个故事中,作者将一个童话般的设定引入日常背景之下:许愿,即能获得实现。但与童话不同,这次面对诱惑的,是惯于怀疑、逃避和伪装的现代人代表——约纳斯。他以高谈人生和死亡的意义来掩盖真实的欲望,然而,桩桩灾祸的发生,种种深夜的超现实奇遇,似乎都在暗示:他的愿望是浸在黑暗中的威胁性力量。当这种力量一一显现,约纳斯仿佛被置于萨特笔下极端的境遇剧中,苦苦追问着,当道德感与人性深渊直面相撞,坠落是否是唯一的选择?

小说的原书名为 Das Leben der Wünsche,直译过来为"梦想人生",然而,中文里"梦想人生"四字却难以体现出小说绝妙的设定和幽暗的底色,反而有种光明励志之感,因此,关于中文版的书名,编辑部进行了反复的商讨。纵观全书,约纳斯的愿望实则为我们每个人终其一生的求索,一为争取自由,二为洞察死亡，然而，这二者的实现却需要付出极大的代价，这也是小说探讨的主题所在。于是，以"当所有愿望实现"揭示小说设定，以"以自由，以死亡"体现主旨和风格，中文版的主副书名便由此诞生。实际上，这并不是格拉维尼奇第一次通过这种极限境遇来探索现代人的存在问题，在 2010 年，格拉维尼奇第一部引入国内的小说中，就描绘了同名主人公约纳斯一觉醒来，发现世上只有自己一人时的孤寂感，以及最终陷入的迷狂状态。不同的是，本书的情节更为纷繁复杂，冲突更为激烈，对"人应如何存在"的主题探索也更加深入：人是否真实存在？纯粹的自由是好的吗？死亡究竟意味着什么？在遭受了所有现实和超现实的痛苦之后，约纳斯或许将得到他的答案。

"当所有愿望实现"，格拉维尼奇为徘徊挣扎的现代人做出了这个危险的假设，那么，它会将我们引向何方，还需在书中细细体察。

后浪出版公司
2019 年 11 月

图书在版编目（CIP）数据

当所有愿望实现：以自由，以死亡 /（奥）托马斯·格拉维尼奇著；刘海宁译. -- 贵阳：贵州人民出版社，2020.7

ISBN 978-7-221-15971-7

Ⅰ. ①当… Ⅱ. ①托… ②刘… Ⅲ. ①长篇小说—奥地利—现代 Ⅳ. ①I521.45

中国版本图书馆CIP数据核字(2020)第063639号

著作权合同登记图字：22-2020-051号

Title of the original German edition:
Author: Thomas Glavinic
Title: Das Leben der Wünsche
©2009, Carl Hanser Verlag GmbH & Co. KG, München

Chinese language edition arranged through HERCULES Business & Culture GmbH, Germany
本书简体版权归属于银杏树下（北京）图书有限责任公司。

当所有愿望实现：以自由，以死亡
DANG SUOYOU YUANWANG SHIXIAN: YI ZIYOU YI SIWANG

[奥] 托马斯·格拉维尼奇 著　　刘海宁 译

选题策划	后浪出版公司		
出版统筹	吴兴元	责任编辑	黄 冰　张 晥
特约编辑	郝晨宇	装帧制造	墨白空间·杨 阳

出版发行：贵州出版集团 贵州人民出版社
地　　址：贵阳市观山湖区会展东路SOHO办公区A座
印　　刷：北京盛通印刷股份有限公司
版　　次：2020年7月第1版
印　　次：2020年7月第1次印刷
开　　本：889毫米×1194毫米　1/32
印　　张：9
字　　数：124千字
书　　号：ISBN 978-7-221-15971-7
定　　价：39.80元

官方微博：@后浪图书　　　　　　读者服务：reader@hinabook.com 188-1142-1266
投稿服务：onebook@hinabook.com 133-6631-2425　直销服务：buy@hinabook.com 133-6657-3872

后浪出版咨询（北京）有限责任公司 常年法律顾问：北京大成律师事务所 周天晖 copyright@hinabook.com
未经许可，不得以任何方式复制或抄袭本书部分或全部内容
版权所有，侵权必究

本书若有质量问题，请与本公司图书销售中心联系调换。电话：010-64010019